KB121970

# 상위 0.001% 랭커의귀환 8

2023년 9월 13일 초판 1쇄 인쇄
2023년 9월 18일 초판 1쇄 발행

**지은이** 유우리
**발행인** 강준규

**기획** 이기헌 왕소현 임동관 박경무 강민구 조익현
**책임편집** 김홍식
**마케팅지원** 이원선

**발행처** (주)로크미디어
**출판등록** 2003년 3월 24일
**주소** 서울시 마포구 마포대로 45 일진빌딩 6층
Tel (02)3273-5135 Fax (02)3273-5134
**홈페이지** rokmedia.com  E-mail rokmedia@empas.com

ⓒ 유우리, 2023

값 9,000원

ISBN 979-11-408-0881-6 (8권)
ISBN 979-11-408-0799-4 04810 (세트)

이 책의 모든 내용에 대한 편집권은 저자와의 계약에 의해
(주)로크미디어에 있으므로 무단 복제, 수정, 배포 행위를 금합니다.

작가와의 협의에 의해 인지는 생략합니다.
잘못된 책은 구입처에서 바꾸어 드립니다.

ROK
MEDIA
로크미디어

유우리 퓨전 판타지 장편소설

8

# 상위 0.001%
# 랭커의 귀환

# CONTENTS

# 랭킹 1위, 데칼 (2)

최하나는 빛이 단절된 듯 어두운 터널을 둘러보고 있었다.

던전에서도 서쪽, 도시의 건물 사이에 교묘하게 가려진 계단으로 이어진 비밀 통로였다.

"확실히…… 뭔가 있어도 단단히 있게 생긴 공간이네요."

"그러게요."

물론 S급 매의 눈을 가진 그녀에겐 어둠은 장애가 되질 않았고, 야간 투시경을 착용한 김훈도 어두운 터널을 탐사하기엔 어려움이 없었다.

곧 그들은 피 냄새가 은은하게 감도는 곳까지 도달할 수 있었다.

"……최하나 님, 여기 시체가 있습니다."

어쭙잖게 천막으로 덮어 둔 시체 더미였다. 썩질 않고 온기가 남은 거로 보아 아직 죽은 지는 오래되지 않은 듯했다.

대충 살펴본 최하나는 미간을 구겼다.

"흐음…… 골치 아파지겠는데요."

"네?"

"이 사람들, 한 놈에게 당했어요."

일곱 구의 시체였다.

문제가 있다면 이들 모두 같은 상흔을 남긴 채 사망했고, 그 상처 말고는 다른 상처가 없다는 것이다.

"저항도 못 했나 본데요."

대략 걸치고 있는 장비의 수준을 봐서는 약 200레벨은 거뜬히 넘겼을 것이다.

즉, 일곱에 달하는 고렙의 플레이어가 저항 한 번 못 하고 단 한 놈에게 당했다는 결론이 나온다.

'아무리 기습을 당했다 해도…….'

문득 최하나는 무서운 속도로 이쪽으로 접근하는 한 인기척을 감지할 수 있었다.

"호랑이도 제 말 하면 온다더니."

바로 권총을 장전하며 인기척이 느껴진 방향을 겨눴지만, 당장 보이는 건 없었다.

하지만 다가오는 인기척은 여전했다.

'감각이 틀린 게 아니야.'

마탄의 리볼버에 집적시킨 총알을 머뭇거리지 않고 쏘아 냈다.

붉은 마탄!

빠르게 접근하던 인기척의 허공을 스치듯 지나갔다.

뭔가가 요란하게도 움직이고 있었다.

"최하나 님…… 45도 정면 위입니다!"

김훈의 말에 총구를 돌린 최하나는 바로 사격을 가했다. 끼익, 하는 소리와 함께 허공에서 뭔가가 서서히 모습을 드러냈다.

"나이스 어시."

"뭘요. 그보다 조심해요. 한 놈이 아니니까."

"네."

최하나는 아예 눈을 감기로 했다. 뭔지는 몰라도 눈으로 보이질 않는 몬스터였다. 다른 감각에 집중하는 편이 나았다.

그나마 공간을 그대로 읽어 내는 김훈과 함께여서 다행이지.

"우측 측면 31도 아래에서 접근해요!"

타아앙!

눈으로 보이진 않아도 느껴지는 인기척, 이어서 김훈의 적절한 안내는 적을 격추시키는 데에 모자람이 없었다.

최하나는 몇 번의 사격을 가한 뒤에야 주변의 인기척이 고요해졌다는 걸 깨달았다.

다시 눈을 뜬 그녀의 앞엔 익숙한 외형의 사체가 있었다.

김훈이 먼저 알아차리고 그 이름을 입에 담았다.

"쉐도우……? 이놈들이 어떻게 여기에."

B급 던전 '미지의 땅'.

일명 '포탈 던전'.

이곳은 여태 몬스터가 발견되지 않은 땅이다. 그건 드림 사이드 1에서부터 이어져 온 사실.

하지만 버젓이 접근해 온 수 개의 쉐도우를 확인하고도 그 사실을 부정할 순 없었다.

'문제는 시체들의 상흔은 쉐도우가 낼 수 없다는 건데.'

쉐도우는 어둠 속을 기생하는 일종의 특수 몬스터. 놈이 가진 공격법은 단 하나였다.

날카로운 갉아먹기.

톱날 같은 이빨로 그림자 속에 숨어서 암살자처럼 접근한 다. 그리고 인간의 몸을 씹어 먹는 게 주특기인 몬스터였다.

'시체들이 잡아먹히지도 않았을뿐더러, 시체의 상흔은 송 곳처럼 날카로운 무언가에 구멍이 뚫려 있었어.'

쉐도우가 아닌 다른 개체가 개입했다는 증거였다.

'쉐도우와 같이 등장하며, 심장에 구멍을 내는 특성을 지 닌 몬스터라면…….'

단 하나밖에 없다.

"……김훈 씨! 공간 이동!"

최하나는 모골이 송연해지는 느낌을 무시하지 않았다. 거두절미하고 그녀의 외침대로 공간 이동을 펼친 김훈.

츠츳!

2m 정도 떨어진 위치에서 그들이 다시 모습을 나타냈다.

한편 최하나는 종전까지 그들이 서 있던 허공을 볼 수 있었다.

갈라진 공간의 틈에서 아쉬운 듯 혀를 날름거리는 한 마리의 몬스터가 있었다.

'쉐도우맨…….'

쉐도우의 형뻘에 해당하는 상위 개체 몬스터. '쉐도우맨'은 아쉬움을 드러내며 공간을 닫고 사라졌다. 정확하게는 그림자 속에 스며들었다.

"조심해요. 저놈 레벨만 250은 될 겁니다!"

안 그래도 집중을 최고조로 올렸던 김훈은 더더욱 주위를 살피며 부지불식간에 공간 이동을 펼쳤다.

쉐도우맨.

B급 던전에서도 수위권에 다다르는 몬스터로, 당장 이곳처럼 어둠이 가득한 공간에선 상대하기가 여간 까다로운 놈이 아닐 수 없었다.

하지만 최하나나 김훈은 당황하질 않았다.

"빛을 만들어야 해요."

"걱정 마세요!"

일상이 드림 사이드 2가 된 날부터 불가능한 일은 현실로 벌어지기 마련이었다.

이까짓 일로 당황하기엔 그들이 쌓아 온 나날이 너무 많았다. 몬스터가 나타났다면, 그에 해당하는 공략법을 펼치면 된다.

"눈 감으세요!"

김훈이 그만의 아공간 속에 숨겨 뒀던 '섬광탄'을 꺼내어 바닥에 던졌다.

쉐도우만 있었다면 구태여 이런 수고를 들일 필요는 없겠지만, 쉐도우맨은 자칫 단번에 골로 갈 수 있는 위험 개체였다.

투콰아앙!

터널 안으로 눈이 멀어 버릴 것만 같은 빛이 터졌다.

사방을 잠식했던 어둠이 밀려가고, 오직 새하얀 빛만이 남은 터널.

그곳에서 최하나는 눈을 질끈 감은 채로 인기척을 향해 총구를 겨눴다.

금세 꺼낸 마탄의 라이플.

'아마 둘 중 하나일 거야.'

인기척이 있는 곳엔 작은 그림자가 두 개 있었다.

조명탄에 의해 주변의 어둠이 사라지고, 최하나와 김훈의 그림자만이 남은 것이다.

그리고 그 얘기는 그림자 속에 기생하는 쉐도우나 쉐도우맨이 있을 곳은 오직 두 개라는 것이다.

둘 중의 하나, 반반의 확률이었다.

타아아아앙!

아쉽게도 쏘아진 마탄은 쉐도우맨을 적중시키지 못한 걸까.

괴로운 듯 비명을 질러 대는 쉐도우의 울음만이 그림자 너머로부터 들려왔다.

물론 그렇다면 답은 하나다.

"찾았다."

타아아앙!

[장비 '마탄의 라이플'의 전용 스킬, '블링크탄'을 발동합니다.]

한쪽의 그림자에 몰렸던 놈들 중 쉐도우맨이 없다면, 놈이 있을 만한 곳은 단 한 곳.

0.1초에 불과한 시간일지라도 마탄의 라이플을 쥔 그녀가 저격의 대상을 놓칠 수 있을 리가 없다.

투둑, 툭!

투두두둑……!

그림자 너머로부터 총알이 박힌 쉐도우맨이 후두두둑, 피를 흘리면서 공간을 열고 나왔다.

상처입은 쉐도우맨은 더는 그림자 속에 숨을 수 없었다.

타앙! 타아앙! 타앙! 타아아앙!

그리고 최하나가 집중적으로 놈의 몸에 벌집 구멍이라도 내듯 무수한 사격을 가했다.

250에 다다르는 B급 던전의 엘리트 몬스터.

쉐도우맨은 총알 세례에 정신없이 털리더니 금세 누더기처럼 변하고 말았다.

놈이 사망에 이르는 건 금방이었다.

"암살자 계열이라 방어력이 높진 않아 다행이네요."

"네, 한데…… 어떻게 이런 녀석이 이곳에 있는 거죠?"

"글쎄요. 여하튼 여긴 B급 던전 안이니까. 따지고 보면 대단히 어색한 건 아닙니다."

나머지 쉐도우까지 처치한 두 사람은 장비를 점검하고, 다시 터널 안쪽으로 들어갔다.

아무래도 원인이 있다면 그들의 목적지인 포탈에 도착해야 알 수 있을 것만 같았다.

"느낌이 영…… 안 좋은데요."

김훈의 말에 더욱 주의를 기울인 최하나는 강서준이 부탁한 포탈까지 다다를 수 있었다.

이곳은 본래 모르핀의 회사에서 파견해 둔 플레이어들이 항시 지키고 있어야 하는 곳.

"……전부 죽었군요."

그때였다.

츠츠츳!

포탈로부터 들려온 모종의 소음. 두말할 것도 없이 최하나와 김훈은 몸을 숨기기로 했다.

포탈로부터 무언가가 나타나고 있었다.

"저건⋯⋯."

우어어어어!

입구의 안쪽에서부터 큼지막한 발톱이 나오더니 쾅! 바닥을 내리찍는 순간이었다.

⋯⋯

콰아아앙!

폭발과 함께 던전의 한쪽에서 솟구친 건 일련의 몬스터였다.

강서준은 금세 하늘을 뒤덮은 비행 몬스터들을 확인했다. 달빛마저 완전히 가려 버린 놈들.

"쉐도우윙⋯⋯?"

아스라이 나타난 쉐도우윙이 강서준을 비롯하여 멍하니 하늘을 올려다보는 플레이어들을 향해 강하하기 시작했다.

"⋯⋯모두 정신 차려!"

마력을 담아 큰 목소리로 외친 리트리하가 하늘을 향해 방패를 높이 든 건 그때.

퍼뜩 정신을 차린 플레이어들이 무기를 꼬나 쥐고 우수수 떨어지는 쉐도우윙을 겨눴다.

금세 경기장으로 난입한 쉐도우윙과 이에 대항하는 플레이어들의 싸움으로 상황은 번지고 있었다.

슬슬 바닥의 그림자에선 쉐도우맨이 하나둘 모습을 드러냈다.

강서준은 초상비를 발동시키며 오직 한 사람에게 달려들었다.

채애애앵!

데칼이 말했다.

"선물에 대한 감사 인사치고는 거칠군."

"……보답치고는 사납고."

"말재간이 좋아. 그러니 랭킹 1위도 하는 건가?"

"말 돌릴 생각 마. 너네는 대체 무슨 속셈으로 이곳으로 온 거지?"

솔직히 이해하기 어려웠다.

놈의 행동거지나 했던 말들을 파악해 보면, 현재 이곳에 나타난 '쉐도우들의 등장'은 아무래도 데칼이 개입한 결과였다.

정확하게는 데칼의 세력인 '#0116 채널'의 사람들이 벌인 짓이겠지.

강서준은 그게 이상한 것이다.

'백번 양보해서 이들이 새로 플레이어가 된 자들이라 해도 이해가 안 돼. 어째서 이런 짓을 벌이는 거지?'

데칼이 지구인인 척 경기를 펼쳐 온 것이나, 여태 생활들을 연기해 온 건 이해하지 못할 게 아니었다.

강서준도 일전에 게임을 플레이하면서 그런 행동을 으레 반복해 왔으니까.

하지만 이렇듯 대놓고 적의를 드러내는 이유에 대해서는 아무리 생각해도 알 수 없었다.

왜, 그들은 적이 되려는 걸까?

"그건 당신이 가장 잘 알 터인데."

"무슨 소리지?"

"당신도 이전 세계를 이렇게 부쉈다고 들었어. 그 덕에 주도권을 가져온 게 아니었나?"

"……당신들 설마."

미간을 구긴 강서준은 얼굴도 본 적이 없는 한 사람을 떠올리고 있었다.

'0116 채널의 관리자!'

모르긴 몰라도 그자가 저들의 세계에 개입한 게 분명했다.

그렇지 않고서야 관련 정보를 어찌 얻었을까.

데칼은 이죽이면서 말했다.

"케이. 당신은 아주 유명해. 지구의 주도권을 가져온 세계의 찬탈자. 당신은 내 스승이라고."

"······개소리를."

"하지만 청출어람(靑出於藍)이란 말이 있잖아? 머지않아 증명할 날이 오겠지."

데칼은 그 말을 끝으로 눈앞에서 안개처럼 희미해지고 있었다. 종전에 강서준의 류안으로부터 도망쳤던 흐름과 비슷했다.

"그럼 우리 다음에 또 보자고."

이미 존재 자체가 지워지듯 눈앞에서 사라지는 데칼을 보면서, 강서준은 입술을 짓씹었다.

'정말이지, 제멋대로군.'

누가 세계를 찬탈했단 말인가.

누가 이딴 현실을 원했단 말인가.

'생각해 보면 아이크······ 그 사람은 양반이었어. 적어도 한 세계에 직접적으로 개입하는 경우는 없었으니까.'

한데 0116 채널의 관리자는 대놓고 플레이어들에게 개입하고 있었다.

이 세계의 정보를 미리 알려 주고, 이렇듯 지구인들의 뒤통수를 치도록 판도 깔아 놨다.

그뿐이랴.

마족도 초기부터 풀어놓은 건 아마 채널 관리자의 영향일 것이다.

'이래서 노영수 씨가 조심하라 했던 건가······.'

강서준은 두 눈을 빛내며 한숨을 삼켰다. 0116 채널의 관리자가 이렇듯 선을 넘어 가며 개입하는 이유를 깨달을 수 있었다.

'세계의 주도권을 가져가려는 거냐.'

0116 채널을 정식으로 개설하려고.

"……까고 있네. 새끼들이."

　강서준은 최선을 다해 데칼의 흐름을 뒤쫓기로 했다. 이대로 당하기만 하고 놈을 놓치는 건 성미에 맞질 않는다.


[스킬, '집중(S)'을 발동합니다.]

[스킬, '류안(S)'을 발동합니다.]

[스킬, '마력 집중(D)'을 발동합니다.]


　핏발이 선 금안은 결코 놓치질 않았다. 흐름의 끝을 확인할 수 있었다.

　강서준은 망설이지 않았다.


[스킬, '태산 가르기(S)'를 발동합니다.]


　근데 메시지는 거기서 끝나지 않았다.


[!]

[가르고 싶은 대상에 대한 집념이 강합니다. 집중의 영향으로 '필사의 참격'을 사용할 수 있습니다.]

'……응?'

걷잡을 수 없는 기세의 힘이 손끝에서부터 단검을 타고 흘러, 저 멀리 안개 너머로 나아가고 있었다.

S급의 태산 가르기.

알론 제국의 소드 마스터 '멜빈 황제'가 오랜 수련을 통해 깨친 검술 비기.

하지만 강서준은 이 스킬을 쓸 때마다 묘하다는 감상을 느낄 수 있었다.

'몇 번 사용해 보지 않아도 알 수 있었어. 내가 쓴 스킬은 황제의 그것과는 달랐어.'

마력의 배분, 근육의 움직임, 호흡…… 그런 것들을 종합하여 최적의 자세로 발동했지만 위력이 천차만별인 것이다.

'습득한 스킬은 분명 S급 스킬이지만, 난 그 힘을 제대로 다루질 못하고 있었어.'

같은 S급 스킬을 쓰고 있음에도 어째서 황제가 썼을 때와 큰 차이가 나는 걸까.

지난번에 나도석을 상대로 썼을 때도 제대로 된 위력이 나오진 않았을 것이다.

'이유를 찾자면 많을 거야.'

비루한 그의 스텟이 원인인지도 모른다. 어쩌면 황제가 가지고 있는 49년의 검술 인생이 그에게 없기 때문인지도 모른다.

그도 아니면…….

'시너지를 일으킬 스킬이 없는 걸지도.'

본래 S급 스킬이더라도 직업에 맞질 않으면 아무것도 습득할 수 없어야 정상이다.

하지만 강서준은 직업 스킬의 구분이 없는 도서관 사서였다. 어떤 스킬이든 스킬북만 있다면 배울 수 있었다.

'대신 S급 스킬을 얻더라도 시너지를 일으킬 스킬이 없다면, 더 강한 힘을 발휘할 수 없어.'

물 위에서 흩뿌려진 전력은 더욱 강해지는 법이고, 기름 위의 불꽃은 더 강렬하게 타오르는 법이다.

하지만 강서준은 어떤 기반도 없이 오직 '태산 가르기' 하나만을 익히고 있었다.

과연 그 상태로 '태산 가르기'의 진정한 힘을 끌어낼 수 있을까.

결국 태산 가르기는 그가 어떤 스킬을 배우고, 어떻게 사용하느냐, 또 어떤 상황이냐에 따라 더욱 강한 힘을 발휘할 수 있다.

그래.

바로 지금처럼.

[스킬, '필사의 참격(S)'을 발동합니다.]

강서준은 검으로 집적되는 미증유의 힘에 침음을 삼켰다.

진정 태산을 가를 기세로 모여든 힘.

황제가 일거에 플레이어들을 베어 소멸시켰던 그때처럼, 휘두르기에도 묵직한 참격이 손끝에서 발현되고 있었다.

스거어어억!

한 줄기의 참격이 강서준의 손을 떠나 안개를 헤집어 놨다.

강서준은 참았던 숨을 토해 내며 검이 지나간 자리를 흘겨볼 수 있었다.

"놓쳤나……."

손끝에 걸린 감각.

분명 놈을 벤 느낌은 있었지만, 아무래도 도주를 막는 건 무리였던 모양이다.

투욱.

물론 아무런 효과가 없던 건 아니었다. 전력을 다한 공격이 기대한 것보다 훨씬 미약한 결론을 만들어서 실망했을 뿐이다.

그는 정말로 벴다.

'고작 오른팔 하나라…….'

강서준은 안개 속에서 완전히 사라진 놈의 흐름에 침음을 삼켰다.

덩그러니 바닥에 떨어진 건 데칼의 오른팔. 핏방울조차 맺히지 않는 기괴한 생김새였다.

"다음에 또 보자고 했지?"

미간을 찌푸린 강서준은 허공을 응시했다.

아마 데칼은 오른팔이 잘린 정도로는 죽지 않을 것이다. 어쩌면 다음에 만날 때는 '외팔이'조차 아닐 것이다.

그는 이 세계의 사람이 아니니까.

설령 목을 벴다고 해도 두 개의 목숨은 남아 있을지도 모른다.

강서준도 드림 사이드 1에서 그랬으니까.

"쯧. 소금이라도 뿌려야 하나."

대신 강서준은 짜증 섞인 얼굴로 허공에 가운뎃손가락이나 펼쳐 보였다.

⬥⬥⬥

몬스터가 없다고 알려진 던전.

1년에 가까운 시간 동안…….

아니, 드림 사이드 1의 시간까지 합하여 대략 6년은 당연하게 여겼던 것들이 깨어지는 데엔 고작 1분도 걸리지 않았다.

투과아아앙!

하늘에서 우박처럼 쏟아지는 쉐도우윙의 공세!

그나마 이곳의 플레이어들이 베테랑이라 상황 대처가 빨라 다행이었다.

다들 내구성도 높고, 장비도 좋고, 발 빠르게 움직일 스킬도 많았다.

그도 아니었다면 진즉에 큰 인명 피해로 이어졌겠지.

리트리하는 천사의 날개를 활짝 펼치며 공중으로 치솟았다.

선두에 서서 방패를 들고 적들의 공격을 막아 내는 선봉장. 수성전에 있어 그는 누구보다 탁월한 실력을 뽐내고 있었다.

[플레이어 '리트리하'가 장비 '대천사의 대방패'의 전용 스킬, '기원의 대방패'을 발동합니다.]

기원의 대방패.

지키고자 하는 아군의 숫자가 많을수록 그 방어력이 높아지는 사기적인 스킬.

물론 마력의 한계가 있어 무적은 아니지만, 현재로서는 이보다 필요한 건 없었다.

우우우웅!

리트리하의 대방패로부터 유형의 막이 하늘로 솟구쳤다.

정확하게 경기장의 플레이어 머리 위로 돔 형태로 생겨난 건 불투명한 방패막이었다.

"오래는 못 버팁니다! 모두 무기를 쥐어요!"

실제로 리트리하의 말이 끝나기도 전에 돔 형태의 막은 곳곳에 구멍이 뚫리고 있었다.

아무래도 쉐도우윙의 레벨은 B급 던전의 중간급인 250대.

그가 300레벨을 넘겼다고는 해도 수백에 다다르는 쉐도우윙의 공세를 막아 낼 수는 없었다.

단단한 성벽도 수차례 두드리면 무너지는 법!

투우우웅!

결국 구멍 난 방패 막 사이로 쉐도우윙이 기다렸다는 듯 쏟아졌다.

그래도 잠깐의 여유 동안 플레이어들은 저마다의 기량을 뽐낼 준비는 끝마칠 수 있었다.

"전탄 발사!"

"빛을 활용해! 쉐도우는 그림자가 적을수록 그 힘이 반감된다!"

"조명탄!"

적어도 1년은 수많은 던전을 전전하며 살아왔을 그들이다.

그중에서도 최상위권에 해당하는 게 '포탈 던전의 플레이어'였다. 처음 합을 맞추는 것이지만 꽤 유기적으로 움직일 수 있었다.

탱커는 전면에 나서고, 원거리 딜러는 틈이 날 때마다 폭발적인 공격을 박아 넣었다.

서포트를 전담하는 이들이 빛을 이용하여 쉐도우들을 뭉치로 묶어 딜러들에게 대령하기도 했다.

꽤 순조로운 전투였는지도 모른다.

이 기세를 몰아가면 쉐도우들의 습격 따위는 쉽게 막아 낼 수 있다고 착각할 정도로.

투쿠우우우웅!

문제는 리트리하의 스킬이 완전히 깨지면서 시작됐다.

"……너무 많아!"

"야! 이걸 밀치면 어떡해?"

"거기 조심해!"

"으아아악!"

상대해야 할 적은 계속 늘어났고, 아무래도 손발을 많이 맞춰 보질 못한 게 흠이 되고 있었다.

전 세계의 플레이어들은 금세 오합지졸이 되어 곳곳으로 흩어졌다.

리트리하가 애써 다시 나섰지만, 역시 수많은 공격을 혼자 감당해 내는 것 자체가 무리였다.

하물며 그의 손이 닿질 않는 곳이 훨씬 많았다.

쿠웅! 쿵! 쿠우웅!

게다가 문제는 더 남았다.

"쉐도우맨은 또 뭐 이리 많아?!"

"미친…… 이걸 어떻게 이기라고!"

사방에서 그림자 괴물들이 건물을 부수며 모습을 드러냈다.

저 많은 괴물들이 여태 어디에 숨어있었던 걸까.

쉐도우, 쉐도우윙, 쉐도우맨…….

각종 그림자를 상대하던 플레이어들은 무뎌지는 칼날만큼이나 멘탈도 흔들려 갔다.

과연 이길 수 있을까?

이 상황을 타개할 수나 있을까?

그때, 하늘에서 리트리하가 한쪽 날개가 꺾인 채로 아래로 추락했다.

큰 소음을 내며 바닥에 착지한 리트리하!

상처가 가득한 그 모습에 플레이어들은 저도 모르게 전의를 상실할 수밖에 없었다.

막말로 랭킹 2위조차 버거워하는 현실이 아닌가.

그를 '하늘 위의 하늘'로 올려다보던 몇몇의 플레이어들에겐, 이 상황 자체가 공포였다.

비현실적이었다.

"끝이야. 다 끝이라고……."

"……여기서 죽을 거라고."

묵직한 떨림이 생겨나면서 플레이어들의 머리맡에 거대한 그림자가 드리웠다.

자이언트 쉐도우!

레벨만 280을 넘어서는 B급 던전의 최상위 엘리트 몬스터의 위용에 절로 오금이 저려 왔다.

플레이어들은 입만 벌린 채 움직일 수조차 없었다.

그워어어어어!

지능이 없는 대신, 덩치나 힘이 궤를 달리한다는 자이언트 쉐도우의 주먹이 그들을 향해 떨어지는 순간이었다.

"으음?"

플레이어들은 부지불식간에 전면에 나서는 한 남자를 볼 수 있었다.

어깨는 대단히 두껍고 덩치는 산만 하여, 몬스터인지 인간인지 그림자만 봐선 구분이 안 가는 '그'가 말했다.

"그림자 주제에 중량 좀 치게 생겼네. 어디……."

가뿐히 어깨를 푼 그는 떨어지는 거대한 주먹을 향해 그의 주먹을 맞부딪쳤다.

인간의 기준으로는 큰 주먹이었지만, 자이언트 쉐도우의 입장에선 개미와도 같은 주먹!

하지만 결과는 놀라웠다.

쿠우우우웅!

자이언트 쉐도우가 어퍼컷이라도 당한 듯 뒤로 튕겨 나간 것이다.

개미가 코끼리를 뒤집어 버렸다.

"나도석 씨…… 그렇게 무턱대고 휘두르면 주변 피해가 너무!"

"거참, 주변을 좀 보쇼. 가만히 놔두면 그냥 쑥대밭이 되겠구만."

"하지만……."

"도와줄 거 아니면 뒤로 빠져요."

박명석이 약간 우는 듯이 말했지만, 나도석은 개의치 않고 펄쩍 앞으로 달려 나갔다.

또 다른 자이언트 쉐도우가 접근해 왔지만, 그 돌진을 버텨 내진 못했다.

심상이 발현되니 얼추 크기도 이젠 비슷해져 있었다.

쿠우우웅!

한편 이를 본 플레이어들은 헛웃음을 지어야 했다. 대관절 방금 그들이 본 게 무어란 말인가.

분명 절망이었고.

죽음을 눈앞에 두고 있었는데.

자이언트 쉐도우를 두고 한판 씨름을 벌이고 있는 나도석을 보고 있노라면, 괜한 걱정을 했다는 생각마저 들었다.

"……저런 사람을 이긴 케이 님은 대체 뭐 하는 사람이야?"

문득 종전부터 모습이 묘연해진 케이가 궁금해지는 그들이었다.

❖

쿠웅! 쿠우우웅!

무수한 굉음이 일어나며 던전은 난장판이 되어 있었다. 강서준은 그 중앙에 서서 호흡을 가다듬었다.

"……슬슬 오려나."

수많은 쉐도우의 폭격에 플레이어들의 피해는 늘어났고, 겨우 리트리하가 버텨도 사방에서 부상자가 속출하는 상황이었다.

그럼에도 그는 움직이지 않았다.

왜일까.

이유는 하나였다.

'조금이라도 힘을 아껴 둬야지.'

저 멀리에서부터 묵직한 흐름이 이곳으로 다가오고 있었다. 그건 이곳에 출현한 몬스터를 한데 모아도 감당하기 어려운 최상위 개체.

강서준은 확신할 수 있었다.

'보스 몬스터겠지.'

또한 그 근처에서 벌써 그놈과 전투를 벌이는 한 흐름을 확인했다.

먼 거리에서도 정확하게 그놈만을 노리고 마력을 운용하는 사람도 있었다.

크롸라라락!

점점 시야로 다가오는 거대한 그림자.

그 아래에서 공간 이동을 거듭하며 스킬을 발동시키는 김훈과, 뒤를 따라 무수하게 사격을 가하는 최하나도 발견할 수 있었다.

고렙의 플레이어인 둘의 공격에도 아랑곳하지 않는 몬스터라…… 놈은 곧장 이곳으로 날아오고 있었다.

'쉐도우 드래곤.'

진짜 용은 아닐 것이다.

하지만 쉐도우 중에서도 최상위 개체이자, 용을 닮고자 변신을 거듭한 이놈의 강함은 진짜였다.

B급 던전의 주인.

과연 이 던전의 주인이 '쉐도우 드래곤'이었던 걸까.

'아직 모르는 일이야. 쉐도우는 정말 뜬금없이 나타난 몬스터니까.'

사실 쉐도우가 나타난 것부터 의문이 들었다. 저렇게 많은 쉐도우가 이 던전에 여태 숨어 지냈다는 게 말이 될까?

차라리 어디서 갑자기 나타났다는 게…….

잠깐.

'정말 넘어온 거라면?'

분명 쉐도우 드래곤이 날아온 방향은 최하나와 김훈이 확인하려고 찾아간 포탈의 위치.

역시 이 모든 일엔 '0116 채널'과 관련됐다고 생각한다면, 더욱 확신할 수밖에 없었다.

'0116 채널에서 넘어온 몬스터들인 건가.'

강서준은 애써 챙겨 인벤토리에 넣어 둔 데칼의 팔을 노려보다, 다시 쉐도우 드래곤에게 시선을 줬다.

저놈의 목적이 뭔지는 몰라도 올곧게 날아오는 방향엔 마침 강서준이 서 있었다.

"어쩌면 내가 목적일지도 모르겠군."

쓰게 웃으면서 강서준은 어깨를 으쓱였다. 빌어먹을 상황이지만 데칼이 불현듯 말했던 말도 떠오른 것이다.

"이게 전부 보답이랬던가. 먹다 뒈져도 할 말이 없겠네."

미간을 팍 구긴 강서준은 재앙의 유성검을 콱 쥐었다.

'용아병의 날개'는 리트리하와의 접전에서 전부 썼기에, 더는 마음껏 날 수 없었다.

다만.

"가자, 고롱아."

그의 옆에서 고롱이가 고개를 끄덕이며 서서히 크기를 키워 갔다.

'흑룡'으로 둔갑한 고롱이!

얼마 전 진 제국의 창고를 털어먹어, 그곳의 잡템을 소화시킨 뒤라 '거대화'에 부족함은 없었다.

오히려 차고 넘친다.

크롸라라라락!

접근한 쉐도우 드래곤과 흑룡이 된 고룡이. 두 용이 공중에서 맞부딪쳐 괴성을 질렀다.

# 핏빛 도깨비의 달

쉐도우 드래곤.

용의 그림자에서 파생되어, 용이 되고자 했던 쉐도우 계열의 최상위 몬스터.

어쩌면 이놈은 A급 던전의 해츨링인 '마그리트'보다 까다로운 상대일지도 모르겠다.

'아무렴 종족값만 믿고 나대는 어설픈 새끼 용과는 다르겠지.'

용이 되고 싶어 종족값마저 뛰어넘은 존재가 바로 '쉐도우 드래곤'이었다.

물론 단순히 강함만을 비교한다면 당연히 마그리트의 압승이겠지만, 그가 말하는 까다로움의 기준은 그게 아니었다.

'쉐도우 드래곤의 스킬은 진짜 용처럼 다양해. 위력은 그 발톱만도 못하더라도 말이지.'

문제는 용의 발톱만도 못한 위력의 스킬들이 작금의 플레이어들에겐 대단히 위협적이란 점이다.

B급 던전의 정점에 선 보스 몬스터.

나아가 이곳은 '던전'이며, '밤'이었다. 그림자 계열의 쉐도우는 '어둠' 속성마저 가졌으니 더 말할 게 있을까.

놈이 너무나도 강해질 수 있는 환경이 중첩되어 있었다.

'최악이군.'

강서준은 고롱이와 공중전을 벌이는 쉐도우 드래곤을 뚫어져라 쳐다봤다.

뭐가 됐든, 일단 정보부터 얻어야 한다.

놈이 '어떤 용'을 모티브로 파생된 건지만 알아도 공략은 쉬워지니까.

"강서준 씨!"

멀리 쉐도우 드래곤을 저격하던 최하나와 김훈이 한달음에 이곳까지 다가왔다.

그들도 꽤나 고된 여정을 겪은 모양인지 찢어지고 뜯기고 행색이 이만저만이 아니었다.

최하나는 거두절미하고 말했다.

"브레스가 불타질 않고 물처럼 흘러요. 아무래도……."

"수룡의 그림자로군요."

"독룡의 가능성도 배제할 수 없어요."

강서준은 고개를 끄덕이며 쉐도우 드래곤을 더욱 주시했다. 앞으로 한 번만 더 브레스를 사용한다면 확신할 수 있을 것이다.

'독룡의 브레스는 수룡의 브레스에 비해 끈적이는 특성을 가졌으니까.'

미묘한 차이였다.

하지만 강서준의 류안이라면 충분히 그 차이를 구분해 낼 수 있었다.

강서준은 김훈을 향해 말했다.

"우선 김훈 씨는 마일리 씨와 함께 리트리하를 회복시켜 이곳으로 데려와 주시겠습니까?"

"알겠습니다."

"최하나 씨는······."

"잘 알아요."

말하지 않아도 최하나는 본인이 해야 할 일을 잘 알고 있었다.

강서준은 고개를 끄덕였다.

'자, 그럼······.'

아무래도 쉐도우 드래곤은 강서준 혼자 잡기엔 곤란한 몬스터일 것이다.

현재의 강서준은 아직 B급 던전의 보스 몬스터를 공략할 만큼 대단히 강하진 못했으니까.

아직 2차 전직도 못 한 그였다.

하지만 방법이 없는 건 또 아니다.

'여긴 포탈 던전이야. 전 세계의 고인물이 한자리에 모인 장소.'

그가 호흡을 가다듬으며 전장을 쭉 둘러봤다. 랭킹 2위의 리트리하, 6위의 모르핀, 9위 잭, 11위 켈, 12위 클라크…….

당장 눈에 보이는 천외천만 다섯이다.

'나까지 포함하면 여섯.'

하물며 드림 사이드 1에서는 두각을 드러낸 적이 없는 새로운 유형의 플레이어들도 많았다.

'과연 근 1년간 이만한 고인물이 한데 모여 보스 몬스터를 공략해 본 적이 있을까?'

모르긴 몰라도 이번 공략은 역사가 될 것이다. 첫 대형 레이드나 다름없었으니까.

강서준은 씨익 웃으며 말했다.

"그럼 공략을 시작해 보죠."

바야흐로 쉐도우 드래곤의 공략전이 시작되고 있었다.

<hr>

키이이잇!

울음을 토해 내며 고롱이와 하늘에서 한판 씨름을 벌이고 있는 쉐도우 드래곤!

아무래도 녀석이 당장 까다로운 이유를 꼽자면, 아무런 제약 없이 하늘을 날고 있다는 점일 것이다.

'고롱이가 붙잡는 데에도 한계가 있어. 가능한 놈의 날개를 꺾어야 해.'

자유자재로 하늘을 날아다니는 놈을 상대하는 건 플레이어의 입장에선 곤욕이었다.

대미지를 넣으려 해도 닿질 않으니까.

게다가 강서준은 이미 리트리하와의 결전으로 '용아병의 날개'를 사용했다. 쿨타임이 남았으니 그도 공중전은 불리했다.

그러니 어쩌겠는가.

"우선 놈을 바닥으로 끌어내리죠. 이대로면 죽도 밥도 안 돼요."

강서준은 좌중을 둘러보며 그를 바라보는 플레이어들을 향해 빠르게 브리핑을 이었다.

겨우 녀석의 공격을 회피하며 깐족대면서 시선을 잡아끌던 고롱이가 몹시 힘들어하는 게 보였다.

"어그로는 리트리하 님이 담당합니다."

김훈의 특수 포션 치료와 마일리의 힐로 빠르게 회복된 리트리하는 든든하게 방패를 들었다.

대천사의 대방패라면 놈의 송곳니도 버틸 수 있을 것이다.

레벨도 비슷하니 대미지도 적겠지.

"켈. 윈드 프레스(Wind press) 가능해요?"

"네."

"마일리 씨는 타이밍 잘 맞추고요."

"오케이."

강서준의 브리핑은 아무래도 중간은 잘라먹은 듯한 빠른 지시였다.

하지만 이견은 없었다.

적어도 천외천급 플레이어는 '용의 무덤'도 자유롭게 드나들던 베테랑 플레이어들.

당장 무엇이 문제인지는 알고 있다.

또한 본인이 어떤 위치에 서서 전투에 임해야 하는지도 구태여 설명하질 않아도 안다.

그게 브리핑에 자잘한 설명을 배제한 이유였다. 강서준은 마지막으로 최하나를 돌아봤다.

"방금 고롱이를 향해 쏜 브레스를 보면 저놈은 '수룡'입니다. 최하나 씨, 역린을 부탁할게요."

"네."

"나도석 씨는……."

강서준은 자이언트 쉐도우를 향해 드잡이를 펼치는 모습을 보더니 말했다.

"……그냥 두죠. 나머지는 모두 저 사람에게 맡깁시다."

보스 몬스터 말고도 그 이외의 몬스터를 감당해 낼 고렙의 플레이어도 필요했다.

타국의 수많은 플레이어들도 있겠지만, 자이언트 쉐도우 정도의 괴물을 쓰러트리려면 나도석 정도 되는 플레이어가 있으면 더 좋다.

'게다가 나도석은 용을 사냥해 본 적도 없어.'

용은 일반적인 몬스터와 다르다.

사용하는 스킬도 다양하고, 가진 특징도 다채로운 편이다.

쉐도우 드래곤과 같은 그림자용은 용의 종족값을 따라가진 못해도, 그 스킬과 특징은 따라 하는 개체.

아무렴 용을 사냥해 본 경험이 없는 자는 레이드에서 여러모로 방해가 될지도 모른다.

"그럼……."

전투의 시작을 알릴 필요는 없었다. 고롱이가 힘겨운 울음을 토해 내며 지척에 다다랐으니까.

어느덧 근처까지 도달한 몬스터.

리트리하는 그 기회를 놓치질 않고 먼저 날개를 활짝 펴고 날아올랐다. 그의 대방패에서 악(惡)을 멸한다는 대천사의 빛이 터져 나오고 있었다.

키이이익……!

고롱이를 물어뜯으려던 쉐도우 드래곤이 성난 울음을 뱉

어 내며, 돌연 리트리하에게 접근했다.

쉐도우 계열의 몬스터에게 '빛'은 만악의 근원.

저만한 빛덩어리는 단연 쉐도우 드래곤이 우선 타격 대상으로 바꿀 법했다.

"지금!"

리트리하는 피하질 않고 그대로 쉐도우 드래곤에게 콱 물렸다.

누가 보면 먹히는 장면일 것이다.

하지만 자세히 보면, 리트리하의 몸엔 어떤 상처도 생기질 않았으며, B급 보스 몬스터인 쉐도우 드래곤의 송곳니를 온몸으로 버티고 있었다.

수준급의 방어력과 마일리의 힐이 적절한 순간마다 그의 상처를 회복시켜 주고 있었다.

'마일리도 실력이 죽질 않았네.'

리트리하야 싸워서 알고 있지만, 마일리의 순간 힐 능력은 다시 봐도 경이로웠다.

오직 리트리하가 대미지를 입을 때, 그 부위만을 집중하여 힐을 퍼붓는 세심한 컨트롤!

마력의 손상은 최소한으로 줄이면서 그 회복량은 대폭 상승시키는 마일리의 전매특허 기술이었다.

타앙! 타아아앙!

한편 최하나의 저격은 창졸간의 틈을 노리고 집요하게 쉐도우 드래곤의 한곳을 노리고 있었다.

용의 목에 거꾸로 난 비늘.

'그림자라 해도 역린은 존재해.'

역린은 겉에 드러난 용의 약점을 말한다. 심장부에 위치한 드래곤 하트만큼은 아니겠지만 꽤 심대한 대미지를 줄 수 있었다.

물론 그걸 건드리면 일정 시간 용의 속도나 공격력이 상승한다는 부작용도 존재한다.

당장 어그로를 끌던 대상을 무시하고 오직 역린을 건드린 자만 쫓는다는 특징도 있을 것이다.

하지만.

크롸라락!

쉐도우 드래곤이 최하나의 저격 포인트로 빠르게 날아가더라도 그녀가 발각당할 일은 없었다.

그녀는 이미 김훈의 '공간 이동'과 지상수의 '은둔자의 망토' 효과로 인해 유유자적 그곳을 벗어난 뒤였으니까.

'물론 놈은 포기하지 않겠지. 역린은 용의 자존심이니까.'

그렇다면 어그로 대상을 늘리면 어떨까.

"이쪽이다!"

공간 이동으로 한 자리에 나타난 리트리하가 빠르게 창을 찔렀다. 목 언저리의 역린을 향한 일격!

놈이 빠르게 회피해서 공격은 먹히진 않았지만, 단단히 착각하게 만들 수는 있었다.

　놈이 싫어하는 빛을 흩뿌리며, 겁도 없이 역린을 공격한
자!

　최하나의 저격은 이 어그로를 이길 수 없다.

　'무엇보다 이제부턴 정신없을 거고.'


　[장비 '도깨비 왕의 감투'의 전용 스킬, '이매망량'을 발동합니다.]
　[장비 '재앙의 유성검'의 전용 스킬, '블러드 석션'을 발동합니다.]


　최하나의 근처에서 때를 기다리던 강서준은, 그들의 계획
이 성공한 것과 동시에 쉐도우 드래곤을 향해 달려갔다.

　이어서 백귀들도 소환하며 빠르게 쉐도우 드래곤의 사방
을 점했다.

　놈이 당황하며 날아오르려는 때.


　[플레이어 '켈'이 스킬, '윈드 프레스(B)'를 발동합니다.]


　용의 머리 위에서 압축된 공기가 묵직하게 떨어졌다. 놈은
허공에 머리를 쿵, 박더니 아래로 추락할 수밖에 없었다.

　유기적으로 연결된 순간은 당장 강서준에게 최고의 타격
기회를 제공해 줬다.


상위 0.001%
랭커의 귀환

[스킬, '초상비(F)'를 발동합니다.]

빠르게 용의 날개 근처로 접근하니, 강서준의 시야에 그림자로 구성된 뼈대와 관절이 보였다.

'같은 방법이 두 번 통하진 않아. 이번 기회에 날개부터 꺾는다!'

스거거걱!

빠르게 휘두른 도깨비 검무가 용의 날개를 처참히도 잘라내기 시작했다. 인근의 플레이어들도 눈치껏 쉐도우 드래곤을 향한 공격을 해내고 있었다.

그렇게 얼마나 연속으로 공격을 퍼부었을까?

강서준은 류안으로 먼저 확인했고, 용의 전신이 바르르 떨리는 증상부터 천천히 인근의 소음이 빨려 들어가는 듯한 착각을 느꼈다.

단 하나의 상황으로 연결되는 정황이다.

"모두 피해요!"

재빠르게 초상비로 용에게서 멀어졌다. 리트리하도 공간 이동으로 빠져나왔고, 다른 플레이어들도 눈치껏 도망쳤다.

몇몇 공격에 심취해서 미처 빠져나오질 못한 이들도 여럿 있었지만, 그들까지 신경 쓸 여유는 없었다.

크콰카카칵!

놈이 크게 포효하더니, 그림자로 구성된 '수룡의 브레스'

를 뿜어낸 것이다.

물처럼 흐르되, 닿는 건 모두 부식시키는 특징을 가진 이른바 '부식 브레스'였다.

"끄아아악! 살려……!"

누군가의 비명마저 삼킨 부식 브레스!

무사히 그 자리를 빠져나온 플레이어들은 큰 피해가 없었지만, 문제는 지금부터였다.

"헉…… 쉐도우가 몰려옵니다!"

"후방에 자이언트 쉐도우 세 마리!"

용을 상대할 때엔 단순히 브레스를 피한다고 볼 게 아니었다.

본래의 용이었다면 '용아병'부터 각종 '골렘'이 쏟아지는 이른바 '몬스터 웨이브'도 버텨야 한다.

아마 여기선 각종 쉐도우가 이를 대체했다.

강서준은 한쪽에 새로 모습을 드러낸 쉐도우 떼거리를 확인하며 말했다.

"일단 반으로 나눠 몬스터의 숫자부터 조금 줄이죠."

"알겠습니다. 그럼……."

그렇게 용의 어그로를 끌 파티와 잠시 몬스터의 숫자를 줄이려는 쪽으로 인원을 나눌 참이었다.

강서준이 먼저 발견했고, 켈도 헛바람을 내며 고개를 들었다.

"……용이 도망친다고?"

펄쩍 날아오른 쉐도우 드래곤이 방향을 바꾸고 한쪽으로 날아가려 했다.

뒤늦게 고롱이가 놈의 꼬리를 물었지만, 신경도 쓰질 않고 자꾸 도망치려고만 했다.

리트리하가 나타나 역린을 건드려도 변하는 건 없었다.

'……진짜 드래곤은 아니라 이거지?'

용은 자존심이 강하기로 유명한 몬스터였다. 죽는 그 순간까지, 절대 도망치지 않는 패기를 가진 기괴한 놈들.

물론 '죽지 않는 신체'를 가졌기에 그리 당당했겠지.

반면 쉐도우 드래곤은 불사의 특징이 없으니, 이렇듯 꼬리 빠지게 도망치는 것이다.

유사 드래곤이기에 벌어진 불상사.

"놓쳐선 안 돼요!"

이대로 놓친다면 여태 했던 고생은 모두 헛수고가 된다.

몬스터 웨이브에서 가장 중요한 건 대장전.

보스를 무찔러야 비로소 공략을 완성했다고 할 수 있었다.

이를 악문 강서준이 힘껏 재앙의 유성검을 던졌다. 이기어검술로 날아간 검은 아스라이 떠오른 달빛 아래에서 빠르게 쇄도하고 있었다.

'이것까진 안 쓰려고 했는데……!'

그리고 날아간 재앙의 유성검은 멀리 용이 향하는 방향의 바닥을 콱 찍었다.

[장비 '재앙의 유성검'의 전용 스킬, '영역 선포'를 발동합니다.]
[칭호, '도깨비의 왕'을 확인했습니다.]
['핏빛 도깨비의 달'이 선언됩니다.]

핏빛으로 이루어진 기둥은 정확히 강서준을 중심으로 대략 100m 간격으로 박혀 들어간다.
그곳에서 생성된 원형의 돔은 하늘까지 뒤덮고, 그 안으로 핏빛 달이 덩그러니 떠오른다.

[이곳은 '핏빛 도깨비의 달'이 떠오른 영역입니다.]
[영역 내의 존재에게서 피를 강탈합니다.]
[해당 효과는 5분간 지속됩니다.]
[영역 선포자 : 강서준]

강서준은 나지막이 생각했다.
'핏빛 도깨비의 달.'
재앙의 유성검의 봉인을 풀어내야 사용할 수 있는 진정한 성능.
바로 300레벨대의 S급 무기의 전용 스킬인 '영역 선포'였다.

'진 제국에게 고마워해야겠군.'

모두 PK 경력이 대단했던 플레이어들을 처단한 결과였다. 유난히 경험치도 많이 주는 그놈들을 잡은 덕분에, 300레벨 대의 스탯을 손에 쥘 수 있었으니까.

물론 가능한 마지막 카드 정도는 계속 숨겨 두고 싶었지만, 이렇게 된 이상 어쩔 수 없다.

'기회가 있는데도 놓칠 순 없으니까.'

강서준은 우선 이기어검술로 재앙의 유성검을 회수하기로 했다.

움켜쥔 단검으로부터 소름 끼치는 귀곡성이 울고 있었다.

'과연 어떤 특성이려나.'

영역 선포는 가진 무기와 사용자의 특성에 따라서 전부 다르게 나타난다.

재앙의 유성검이 가진 흡혈 기능과 강서준의 도깨비 칭호가 맞물려, 핏빛 도깨비의 달이 나타난 것처럼.

'그 효과야 정확히는 모르겠지만.'

과거에 그러했듯 영역 선포에서 '재앙의 유성검'이 보여 줄 효율은 크게 다르지 않을 것이다.

시스템 메시지에도 써 있다.

영역 내의 존재에게서 피를 강탈한다지 않은가.

'원거리 흡혈.'

그리고 흡혈 대상은 영역이 선포된 구역의 모든 존재였다.

물론 그 대상을 구분해서 특정할 수도 있었다.

'인간을 제외한 몬스터에 한정한다.'

그러자 강서준의 주변으로 핏빛 안개가 휘감기며 영역 내의 몬스터들을 흡혈하기 시작했다.

그림자 형태의 '쉐도우'라 해도 그 본질엔 살과 피로 이루어진 형태가 있는 법.

놈들의 스킬이 그림자로 동화될 뿐이다. 놈들이 진짜 그림자인 건 아니었다.

크아아악!

강서준을 기점으로 원형 100m 내에 있던 모든 몬스터가 괴로운 듯 포효하고 있었다.

일시에 흡수한 흡혈은 다시 재앙의 유성검을 강화했고, 그건 또 한번 강한 효율을 나타냈다.

['핏빛 도깨비의 달'이 징조를 보입니다.]

['핏빛 도깨비의 달'의 영역이 확장됩니다.]

강서준은 서서히 영역을 넓히는 기둥을 일별하고, 다시 쉐도우 드래곤에게 집중했다.

놈도 흡혈 대상이라 꾸준히 피가 깎이는 와중이었다.

키이이익!

놈이 발악하듯 송곳니를 앞세워 강서준을 공격했지만, 강

상위0.001%
랭커의귀환

서준의 몸에 털끝 하나 건드릴 수 없었다.

'제한 시간은 고작 5분.'

영역 선포 스킬은 사기적인 만큼 그 활용 시간은 하루 5분으로 제한된다.

즉 5분 동안 얼마나 많은 피를 흡수해서, 얼마나 대단한 대미지를 입히는지가 공략의 향방을 결정한다.

스거어어억!

일단 용의 날갯죽지를 쭉 갈라서 잘라 냈다. 지속된 흡혈로 날카롭게 날이 선 재앙의 유성검은 단 일격에 놈의 날개를 꺾을 수 있었다.

역시 진짜 용은 아닌 거다. 이리 쉽게 두부 자르듯 잘려 나가는 걸 보면…….

"전원 공격!"

리트리하도 크게 외치며 곤두박질친 쉐도우 드래곤의 머리맡에 다다랐다. 큰 방패로 놈의 머리통을 후려치자 놈은 경직에 빠졌다.

최하나의 저격이 쉐도우 드래곤의 왼쪽 눈을 가격한 건 그때.

츠츠츳……!

알게 모르게 쉐도우 드래곤의 인근에서 생성되던 마력이 흩어졌다. 방금 최하나는 쉐도우 드래곤의 마법을 무력화시킨 것이다.

"공격! 공격! 출혈 상태로 만들어!"

"흐아아압!"

이어진 플레이어들의 공격은 용의 살갗을 살벌하게도 갈랐다. 상처가 늘어날수록 그곳에서 생성된 핏방울들은 오직 강서준에게 흡수되길 반복했다.

말하질 않아도 천외천은 강서준이 시도한 '영역 선포'의 효과를 잘 알고 있었다.

재앙의 유성검.

레벨 300대부터 500대까지 긴 시간을 활용한 장비답게, 모두에게도 익숙한 상황이었다.

"강서준 씨!"

"이제 곧…… 한 방 정도는 됩니다!"

날개는 꺾였지만 금세 경직 상태에서 풀려난 쉐도우 드래곤은 가히 보스 몬스터의 위용을 보여 주고 있었다.

그림자로 덧씌워진 마법이 근처에서 여러 개가 생성되고, 그림자 위로 철갑이 외피처럼 만들어지며 공격을 막아 냈다.

플레이어들이 물러나고 놈의 브레스가 일시에 쏟아지기도 했다.


[’핏빛 도깨비의 달'이 일정 수위를 넘어섰습니다.]

['유성'을 사용할 수 있습니다.]

강서준이 호흡을 가다듬으며 공중으로 높이 뛰어오른 건 그때였다.

아래쪽에서 성난 울음을 토해 내는 쉐도우 드래곤이 허공을 부유하는 강서준을 발견했다.

놈의 입가에서 브레스가 넘실거렸다.

어지간히도 화난 모양이다.


[장비 '재앙의 유성검'의 전용 스킬, '유성'을 발동합니다.]


오직 영역 선포를 통해 흡혈한 피로 사용할 수 있는 스킬.

재앙의 유성검의 근원과도 같은 힘.

강서준은 여태 뭉친 피를 모조리 재앙의 유성검에 집중시켰다.

아마 단 일격을 날릴 수 있을 것이다.

그리고 그 일격이면 충분하다.

크라라라락!

성난 쉐도우 드래곤의 포효와 함께 허공으로 쏘아진 브레스!

그곳을 향해 강서준은 거침없이 재앙의 유성검을 던져 버렸다.

쿠아아아아……!

그리고 재앙의 유성검은 진짜 유성처럼 점점 크게 불어나는 핏빛의 구체가 되었다.

핏빛으로 물든 유성!

그건 브레스 따위로 막을 수 있는 게 아니었다. 빠르게 브레스를 갈라 버리며 놈의 입가로 임박하고 있었다.

……콰아아아앙!

말하자면 '재앙의 유성'이었다.

한편 데칼이 막 게이트를 넘어 돌아왔을 시점이었다.

긴 숨을 토해 내며 발아래에 열린 게이트를 내려다보던 데칼.

그는 인기척에 고개를 들었다.

"돌아왔군."

방독면을 쓰고 몸엔 각종 보호구를 치장한 남자. 소싯적엔 '철혈군주'라 불리며 세계를 정복하려던 패왕인 '올 리카온'이었다.

"영감이 여긴 무슨 일로……."

"아직도 그 말버릇을 못 고쳤느냐."

"응. 평생 안 고칠 거야."

"쯧, 그 어미에 그 아들이라고. 천한 핏줄은 어쩔 수 없구나."

혐오와 경멸, 갖은 핍박이 담긴 시선이었지만 데칼은 개의 치 않았다.

눈앞의 패왕.

'올 리카온'과 '데칼 리카온'은 이런 상황이 익숙했기 때문이다.

시녀의 배에서 태어난 사생아의 삶이란 원래 그런 거니까.

"그곳은 어떻더냐."

"따분하고 지루하더군."

"경계할 정도는 아니었나……."

한편 황제는 데칼의 무뢰한 같은 말투를 불쾌하다고 말하면서도, 그걸 빌미로 문제 삼진 않았다.

아무렴 그럴 것이다.

데칼은 리카온 제국에서 수백 년 만에 태어난 불세출의 천재라 불리는 존재였다.

리카온 왕국이 행성 전쟁에서 승리하게 만든 '구국영웅'이자, 한 번 본 것은 그대로 따라 하는 '복사'의 능력을 가진 괴물이니까.

황제가 물었다.

"분명 그곳엔 '케이'라는 강자가 있다고 들었다. 한 세계를 멸망시킨 자라지. 붙어 봤느냐?"

"물론. 근데 기대했던 것보다는……."

그때였다.

스걱!

어디선가 날카로운 기운이 감돌더니 부지불식간에 데칼의 오른팔이 싹둑 잘려 나갔다.

터무니없는 상황에서 데칼의 반응은 늦었고, 잘려 나간 팔뚝은 아래로 떨어지더니 그대로 소멸했다.

정확하게는 다차원 게이트에 먹혔다.

"……더 대단해. 이거 미친놈인가."

데칼은 피가 뚝뚝 떨어지는 오른팔을 내려다보며 되레 입꼬리를 씨익 올리며 웃었다.

과연 차원을 넘어서까지 참격을 날린다는 게 가당키나 할까.

그전에 진짜 게이트도 아니고, '귀환서'를 활용한 임시 게이트가 열린 틈을 노려 공격하다니.

황제는 혀를 차면서 말했다.

"방심했구나."

"글쎄…… 과연 어떨까."

데칼은 어렴풋이 '케이'란 존재를 떠올려 봤다. 확실히 개중 강한 사람이었지만, 기대에 못 미치는 건 사실이었다.

행성 전쟁을 펼치며 수많은 행성을 오갔던 데칼이 보기엔, 케이만 한 강자는 널리고 널렸으니까.

데칼은 잘려 나간 팔을 보며 말했다.

"영감, 그거 알아?"

"무얼 말이냐."

"10년에 걸친 행성 전쟁에서도 난 작은 상처조차 입은 적이 없어."

"그랬지."

"근데 지금 내 팔이 이 모양이야."

전혀 예상치 못한 공격이라고 해도 결과는 같았다. 만약 방향만 달랐으면 목이 잘렸으리라.

"어떻게 생각해?"

황제는 침음을 삼켰고, 데칼은 여전히 입꼬리를 내리지 않았다.

과연 '대리자'가 말한 그대로다.

데칼의 눈에 광기가 감돌고 있었다.

"역시 내 스승다워."

그리고 데칼의 말을 들은 황제는 나지막이 침음을 삼켰다.

종전의 피습도 놀라운 일이지만, 데칼이 '스승'이라 언급한 건 더더욱 놀라운 일이기 때문이다.

'이놈이 진정 적으로 인정했다니.'

데칼은 청출어람(靑出於藍)이란 단어를 좋아했다.

복사의 능력으로 그보다 잘난 존재의 기술을 빼앗고, 그 기술로 상대와 싸우길 즐기는 투사.

데칼은 그렇게 스승을 죽여 온 횟수가 98번에 다다른다.

물론 이번엔 '케이'란 존재를 직접 마주하기 전에, 우스갯

소리로 그런 말을 일삼은 줄 알았는데.

직접 보고도 저런 소리가 나오고 있다. 황제의 등허리로
식은땀이 주룩 흘러내렸다.

데칼은 황급히 다가오는 황실 의료진에게 오른팔을 맡기
며 말했다.

"게이트는 언제 다시 열린댔지?"

"대리자께서는 한 달이라고 하셨다."

"한 달이라고…… 흐음."

데칼은 아래에 닫혀 버린 게이트를 내려다보며 말했다.

"한 달을 어떻게 기다리지?"

"……아마 한 달일 거야."

"네?"

"나 대위는 어떻게 생각해?"

"무얼 말입니까?"

링링은 턱을 괸 채로 그의 앞에서 보고서를 들고 있는 나
한석을 마주하고 있었다.

그는 아무래도 세계의 편린을 엿본 자.

드림 사이드 1의 세계에 다녀온 나한석은 당장 링링에게
있어 중요한 인물 중 하나였다.

링링은 나한석을 향해 물었다.

"이 세계엔 수많은 채널이 있고, 그에 따른 서버가 존재하겠지. 어쩌면 지금 이 순간에도 0116, 0117, 0118…… 수많은 채널이 있겠지?"

"제 추측도 그렇습니다. 그만큼 관리자가 있을 거고요."

"하지만 정식으로 운영되는 채널은 단 하나야. 바로 지금 0115 채널인 지구 에어리어처럼 말이지."

링링은 고개를 주억거리며 말했다.

"그래서 아마 한 달이 남았을 거야."

"……네?"

"0116 채널의 플레이어들이 이 세계로 난입하는 날 말이야. 그게 한 달 후일 거야."

링링은 책상에 늘어놓은 수많은 자료를 내려다봤다. 1년간 모은 드림 사이드에 대한 자료부터, 나한석이 가져온 1의 세계에 대한 이야기.

이를 모두 종합한 결과 단 하나의 공통점은 있었다.

"다양한 세계가 있어도 정식으로 운영되는 채널은 단 하나의 시스템에 의해 관리돼."

드림 사이드 1에서 플레이어들이 베타테스트를 겪은 이후, 정식으로 오픈하기까지 얼마나 걸렸을까.

드림 사이드 2가 섭종 이후로 정식 오픈까지 얼마나 걸렸던가.

'한 달.'

해서 링링은 정식 업데이트를 비롯하여 0116 채널의 플레이어들의 난입을 정확하게 한 달 후로 추측했다.

"물론 확신하는 건 아니야. 어디까지나 추측이지. 늘 대비를 해야 해."

그녀는 지나친 확신 때문에 한 차례 아크를 몰락할 위기에 처하게 만들었다.

달의 추락 시기에 대한 추측.

예상외의 변수는 그녀의 추측을 빗나가게 했고, 자칫 모든 사람들을 몰살시킬 뻔한 것이다.

케이가 희생해 주질 않았더라면 과연.

"그나저나 나도석은 안 만나도 돼?"

"무소식이 희소식이죠."

"메마른 형제애네."

"뭐, 걱정하는 게 손해 아니겠습니까."

"하기야……."

나한석은 어깨를 으쓱이더니 말했다.

"그보다 링링 님이 지시하신 아이에 대한 조사의 보고서입니다."

나한석이 내민 보고서에는 연구실에 고이 잠든 아이에 대한 정보가 담겨 있었다.

강서준이 진 제국의 창고에서 발견한 ? 덩어리의 정보를 가진 의문의 아이.

"그는 주요 인물일지도 모릅니다."

"가능성은 있겠어. 한 세계를 지탱하는 주요 인물이 고작 한 명일 리는 없으니까."

"네. 하지만 강서준 님의 말대로라면 진백호는 다른 플레이어처럼 정보창이 보이질 않았다고 하셨습니다."

"알아. 그러니 가능성이지."

나한석은 잠시 입을 다물었다가 말했다.

"다른 하나도 가능성입니다만."

"뭔데?"

"어쩌면…… 0116 채널의 사람이 아닐까 싶습니다."

# 플레이어 협회

어느 너튜버의 영상이었다.

−안녕하십니까? 너튜버 '바랑'입니다! 여러분……! 제가 지금 어디에 있는지 아십니까?

급하게 스마트폰으로 촬영해서 그런지 수시로 흔들리고 어지럽기까지 한 영상.

하지만 그 조악한 영상의 조회 수는 벌써 1,000명을 넘어서고 있었다.

−현재 저는 포탈 던전에 있습니다. 여긴 몬스터가 없기로 유명한 곳인데요…… 보시죠! 현재 포탈 던전은 갑작스러운 '쉐도우'의 습격을 당하고 있습니다. 대체 이게 어찌 된 일인…… 으아앗! 이리로 오잖아? 피해!

유례없는 포탈 던전 내의 몬스터 습격. 이른바 '쉐도우 웨이브'에 갑작스레 고립된 플레이어들!

그 자극적인 섬네일에 사람들이 몰려들고 있었다.

-말 그대로 난장판이 따로 없습니다! 하지만 시청자분들에게 약속드립니다. 전 끝까지 이곳의 상황을······!

그 말을 내뱉었을 때였다.

쿠우우웅!

커다란 굉음과 함께 돌연 영상은 빙글빙글 돌더니 이내 하늘만 비추게 됐다.

아무래도 카메라를 놓친 듯했다.

한편 하늘만 촬영하는 영상에는 우박처럼 떨어지는 쉐도우윙의 고공 강하가 펼쳐지고 있었다.

영화 속 CG보다 더 박진감이 넘치고 블록버스터 뺨치는 장면의 연속은 보는 이로 하여금 손에 땀을 쥐게 했다.

다행히 바랑은 금세 돌아왔다.

-으윽······ 죄송합니다. 건물이 무너지는 여파를 피하질 못하여······.

하지만 너튜버는 포기하지 않고 종전의 충격으로 살짝 깨진 카메라를 들고, 계속 촬영을 이어 나갔다.

약속대로 도망치지도 않았다.

오히려 전투가 펼쳐지는 곳곳을 누비며 사람들에게 스포츠 중계라도 하듯 말을 이어 나갔다.

용케 몬스터의 위협을 피하는 게 대단할 정도였다.

그렇게 실시간으로 업로드되는 포탈 던전의 현황!

그 어느 콘텐츠보다 자극적이었고, 있을 수 없는 일이 벌어졌다는 데에서 특종이었다.

무엇보다 해당 영상의 시청률이 경쟁업체를 모두 뚫고 우뚝 1위로 올라서게 한 대목은 다른 곳에 있었다.

-어? 저 사람들…….

각종 위기를 넘나들던 너튜버가 우연히 발견한 건 일련의 플레이어들.

그것도 '천외천'이라 불리는 현 지구의 최상위 플레이어들이었다.

바랑은 이를 바로 알아봤다.

-여, 여러분? 제가 방금 무얼 발견했는지 다들 보셨죠! 이곳에…… 이곳에 천외천이 있습니다!

흥분한 목소리.

그가 케이부터 리트리하, 켈…… 한 명씩 랭커의 이름을 거론할 때마다 시청자 수는 수백 단위로 올라갔다.

그리고 운이 좋은지 혹은 나쁜 건지.

그곳으로 강하하는 '쉐도우 드래곤'까지 촬영할 수 있었다.

가히 보는 것만으로도 손발이 굳는 경험을 느껴야 했다.

카메라를 놓치질 않은 게 다행이지.

-으웃…… 보, 보스 몬스터입니다!

쾅! 콰아앙!

케이의 펫으로 알려진 '흑룡'이 쉐도우 드래곤의 목덜미를 물어뜯고, 천외천의 플레이어들이 합심하여 팀플레이를 펼치고 있었다.

유기적으로 이어지는 전투의 흐름에선 군더더기가 전혀 없었다.

곧 완벽한 연계 공격에 막강해 보이던 쉐도우 드래곤이 허물어지고 있었다.

─쓰, 쓰러트린 걸까요?

바랑의 말이 시발점이었을까.

쉐도우 드래곤이 대뜸 하늘로 날아오르더니 전장에서 도망치려고 했다.

사방에서 핏빛의 기둥이 생겨난 건 그때. 그리고 기둥 밖에 있던 바랑은 그곳을 기점으로 핏빛 반투명한 구체도 볼 수 있었다.

시청자들도 난리가 났다.

─기다려 주십시오! 얼른 안으로 접근해서……!

하지만 기둥을 넘기도 전에 바랑의 어깨를 잡는 손이 있었다.

바랑은 그를 알아볼 수 있었다.

"……잭 님?"

"물러서. 위험하니까."

"네?"

바랑의 반문에도 잭은 대답하질 않았다. 그보다 그는 가방에서 아이템을 꺼내더니 바랑에게 건넸다.

"……뭐죠?"

"케이 님의 비호가 함께하는 우리 깨비물산에서 특별히 만든 활력 포션. 먹으면 기운 날걸?"

"아, 감사합니다."

"지금 두 개 사면, 하나 더 주는 이벤트를 하고 있어. 관심 있으면 나중에 깨비 옥션도 들러 보든가."

"네?"

그 말을 끝으로 잭은 더 말하지 않았다. 바랑은 활력 포션의 표면에 그려진 또렷한 도깨비 그림을 보면서 일단 마셔 보기로 했다.

안 그래도 여기까지 오느라 힘들었으니까.

츠츠츠츳……!

한편 눈앞의 기둥이 점차 그 범위를 넓히더니, 다가오는 반투명한 막이 그들이 선 자리까지 삼켜 버렸다.

순식간에 바랑은 기둥 내부의 영역에 편입되고 말았다.

"……!"

그리고 마주한 광경.

피로 칠갑한 쉐도우 드래곤이 하늘을 향해 브레스를 뿜고, 그곳으로 붉은 유성이 떨어지고 있었다.

쿠우우우웅!

브레스를 비롯하여 쉐도우 드래곤까지 일격에 짓눌러 버리는 유성!

뒤이은 가벼운 착지음과 함께 폭연 속에서 한 도깨비의 형상을 찾아볼 수 있었다.

바랑은 침음을 삼켰다.

─여러분…… 보고 계십니까?

시청자는 벌써 10만을 넘어서고 있었다. 아마 영상을 업로드한다면 조회 수를 기대해 봐도 좋을 것이다.

사태는 의외로 금방 진정됐다.

"지금부터 각 팀별로 던전 내에 남은 쉐도우 소탕전을 실시합니다. 작전 종료 시각은 해뜨기 전으로 마무리하죠."

아무래도 지구에서 날고 긴다 하는 플레이어들이 모여 있었기 때문일까.

제아무리 B급 던전의 몬스터들이 떼로 몰려와서 기습을 가했다 한들, 고인물 파티는 어찌할 수 없었다.

게다가 가장 골칫거리인 보스 몬스터인 '쉐도우 드래곤'까지 사냥하질 않았는가.

'더 위협될 건 없어.'

이후부터는 각국의 길드들이 나서서 쉐도우들의 섬멸을 두고 경쟁이라도 벌이고 있었다.

몇몇은 아예 강서준에게 잘 보이려고 노골적으로 선물 같은 것도 준비하는 듯했다.

아무래도 기회라고 생각하는 걸까.

강서준은 쓰게 웃었다.

'던전의 주인이 내가 됐다고 생각하는 건가.'

던전은 본래 처음 공략에 성공한 플레이어에게 주도권이 넘어간다.

한데 이곳은 몬스터는 없고, 퀘스트나 NPC조차 없기로 알려진 포탈 던전이다.

아마 마일리의 개입이 없었더라면 이곳은 '던전의 주인'을 가리기 위한 전장이 되고도 남았다.

올림픽은 꿈도 못 꿨으리라.

'근데 이번엔 누가 봐도 보스 몬스터인 쉐도우 드래곤이 사냥당했어.'

해서 추측하는 것이다.

시스템에 의해 규정된 법칙은 분명 이 던전의 주인을 '강서준'이라고 말하고 있었으니까.

'……정작 나한테 돌아온 건 없지만.'

사실 강서준도 쉐도우 드래곤을 쓰러트리면 포탈 던전의 주인 자리를 갖게 되진 않을까.

약간은 기대를 했었다.

'이곳의 유일한 몬스터였으니까.'

하지만 쓰러트려도 변하는 건 없었다.

늘어난 건 무수한 경험치요, 얻은 건 '그림자를 짓밟는 자'라는 칭호였다.

'쉐도우에 한하여 공격력이 증가하는 칭호야 없는 것보단 좋겠지만⋯⋯.'

대단히 좋은 보상은 또 아니었다.

'결국 쉐도우는 이 던전의 몬스터는 아니었던 거야. 최하나 씨의 얘기를 듣기론 포탈을 통해 넘어왔다고도 했으니까.'

결론은 놈을 사냥했다고 해도 강서준이 던전의 주인이 되진 않았다는 것이다.

사람들은 전부 착각하고 있었다.

하지만 구태여 사실을 밝힐 생각은 없었다. 알아서 착각해 준다면 그저 이득일 뿐이니까.

이 비밀은 강서준이 스스로 밝히질 않는다면 진실을 가려낼 수 없는 문제였다.

쿠우우웅!

쿠웅⋯⋯!

큼지막한 소음을 따라 고개를 돌린 강서준, 한쪽에서 무언가 골똘히 바라보는 지상수를 찾을 수 있었다.

누군가가 포탈 던전에서의 현황을 찍어서 업로드한 영상

이었다.

"에헤이…… 각도가 아쉽네. 로고가 제대로 안 나왔잖아?"

"대표님답지 않은 실수입니다."

"시끄러. 네가 하면 더 잘했을 것 같아?"

옆에서 중얼대던 젝에게 핀잔을 던진 지상수는 아쉬운 얼굴로 이내 영상을 껐다.

그는 할 말이 있는 듯했다.

"형, 성녀가 찾아요."

"벌써 쉐도우 토벌이 끝난 거야?"

"그건 아닌데, 급히 회의할 게 있다더라고요."

고개를 끄덕인 강서준은 게걸스럽게 쉐도우의 피를 흡입하던 재앙의 유성검을 뽑아 들었다.

그러자 검이 요동쳤다.

부르르르!

'영역 선포' 때문에 가지고 있던 피를 전부 썼기 때문일까. 유난히 피를 갈구하는 녀석이었다.

게다가 봉인이 풀린 탓일까.

놈의 자아가 더 강해졌다.

'수많은 피를 먹어 댔으니 그중 어떤 기억이든 검에 스며든 거겠지. 쯧…… 귀찮게 성능만 좋아 가지고.'

혀를 찬 강서준은 억지로 재앙의 유성검을 허리벨트에 박아 넣었다. 반항하듯 계속 떨어 댔지만 일부러 무시했다.

그리고 지상수를 쫓아 넓은 공터에 임시로 지은 천막으로 향했다.

안엔 마일리가 기다리고 있었다.

"오셨군요. 피 수급은 다 하셨어요?"

"글쎄요."

쓰게 웃으며 부르르 떨어 대는 허리벨트를 내려다봤다. 마력을 운용해서 유성검의 검신을 찔러 대니 일단 조용해졌다.

"바쁜 와중에 이리 급히 강서준 씨를 모신 건, 하루라도 빨리 일을 진행해야겠다 싶어서예요."

"무슨 일이죠?"

"일단……."

마일리는 거두절미하고 테이블 위의 한 기기를 조작했다. 포탈 던전의 곳곳에 표시된 지도가 나타났다.

강서준이 물었다.

"뭐죠?"

지도엔 각종 건물의 이름이나 지형지물 이외에도 여러 숫자가 기입되어 있었다.

검은색 숫자, 붉은색 숫자…….

그중 마일리는 붉은색 숫자를 가리키면서 말했다.

"이번 포탈 던전의 부상자 목록입니다. 여기 붉은색으로 표기한 건 전부 중상을 입은 플레이어의 숫자고요."

생각보다 많았다.

제아무리 기습이라 해도 레벨은 기본적으로 200을 넘나드는 플레이어들이 태반인데.

이렇게나 많은 사람들이 다칠 줄이야.

쉐도우가 그렇게 어려운 몬스터였나?

마일리는 한숨을 내뱉으며 말했다.

"우습게도 쉐도우에게 직접적으로 다친 사람은 거의 없어요. 경상은 많지만 중상은 보기 드물죠."

"……그게 무슨 뜻이죠?"

"서로의 스킬에 휘말리고, 공격에 휘말리고…… 중상자들은 대다수 서로의 공격에 다친 상처라는 겁니다."

아이러니도 이런 아이러니는 없다.

정작 몬스터에게 다친 상처보다 동료였던 플레이어에게 다친 상처가 더 많다니.

마일리는 유난히 많은 숫자의 부상자가 생겨난 곳을 눈여겨보며 말했다.

"원인을 따지자면 하나입니다."

"……오합지졸이군요."

"네. 개개인의 수준은 높아도 협력은 거의 없었다고 해요. 오히려 방해가 더 많았던 거죠."

수많은 몬스터를 앞두고 상성에 가까운 스킬이 충돌한 것도 한두 개가 아니란다.

기껏 파이어볼로 불태웠더니, 아쿠아 스톰으로 전부 꺼트렸다나 뭐라나.

'서로에게 마이너스였겠어.'

반면 유난히 부상자가 적은 쪽도 있었다.

"리트리하 님이 개입한 곳입니다. 그곳은 리트리하 님의 필두로 협공을 이뤄 냈어요."

리트리하는 공격보단 수비에 특화된 플레이어. 무엇보다 그의 스킬 중엔 파티원의 사기를 끌어올리고 결속력을 다지는 게 있었다.

그 덕에 부상자는 줄어든 것이다.

마일리는 그곳을 콕 집으면서 말했다.

"차이가 뭐라고 생각해요?"

"······구심점의 유무죠."

"맞아요. 우린 너무 제각기 흩어져 있어요. 목적이 다른 길드가 너무 많다고요."

강서준은 그녀의 말에 고개를 끄덕이며 긍정할 수 있었다.

현재 서울의 아크만 해도 그렇다.

우후죽순 늘어난 길드는 각자의 목적에 따라서 움직이고 있었다.

장기적으로 봤을 때 나쁜 건 아니지만, 당장 전장에서의 효율을 생각한다면 좋은 것도 아니었다.

마일리는 눈을 빛내며 말했다.

"적어도 유사시에 협동 플레이가 가능하도록 훈련을 해야 해요. 아시다시피 다가올 업데이트는 쉽진 않을 테니까."

"……그렇죠."

"해서 드릴 제안이 있습니다."

강서준은 모르핀이 여태 해 온 모든 말들이 오직 이다음에 할 말을 위한 밑밥이었다는 걸 알 수 있었다.

"케이……아니, 강서준 씨?"

그녀는 호흡을 가다듬더니 다시 입을 열었다. 그리고 들려오는 내용은 터무니없어서 헛웃음이 나오는 것이었다.

"아무래도 플레이어 협회를 수립해야겠어요. 이대로면 우린 던전을 공략하기도 전에 몰살당할 겁니다."

"플레이어…… 뭐요?"

"그곳의 협회장직을 강서준 씨에게 부탁하고 싶습니다."

마일리의 설명은 계속 이어졌다.

"일종의 UN(United Nations)과 같은 전쟁 방지와 평화를 위한 국제기구를 설립하자는 겁니다. 힘을 모아야 할 필요가 있으니까요."

드림 사이드 2의 정식 오픈 이후로 유명무실해진 국제기구들의 부재.

그리고 기존 체제의 붕괴는 아무래도 사람들이 한데 뭉치기 어려운 조건을 만들어 냈다.

이른바 '구심점'이 없어서 큰 피해를 입은 지난밤의 플레이어들처럼 말이다.

"플레이어 협회를 수립하면 얻을 이점은 상당해요. 당장 여기저기 흩어진 플레이어를 규합하는 것부터 다가올 전투를 대비한 훈련도 가능하겠죠."

"……."

"아시다시피 업데이트까지 한 달 남짓한 시간밖에 없어요. 지금도 기구를 설립하기엔 좀 늦은 편이죠."

그녀는 한숨을 푹 내쉬더니 말했다.

"저는 이번이 기회라고 생각해요. 마침 케이 님도 현역으로 돌아오셨고, 이참에 플레이어 협회를 수립해서 더욱 진취적인 방향으로……."

정신없을 정도로 빠르게 쏟아붓는 마일리의 말 속에서 강서준은 나지막이 침음을 삼켰다.

그녀가 하는 말은 모두 이해할 수 있었다.

플레이어 협회의 수립이 필요하다는 것도 공감했고, 그로 인해 얻을 부수적인 수익도 상당하다는 것도 알았다.

아마 당장이라도 시작해야 한다.

'정말 몰살당할 수도 있으니까.'

곧 다가올 정규 업데이트엔 기본적으로 게임의 난이도를 대폭 올리는 패치가 진행된다.

우후죽순 늘어날 새로운 던전.

못해도 여태 몸을 웅크리던 마족들이 활개를 칠 수 있는 환경이 조성될 것이다.

아마 마족과의 전쟁은 기본이 될 터.

'그뿐이 아니야. 0116 채널의 플레이어들도 대비해야지.'

그들은 지구의 플레이어들과 경우가 다르다.

지구는 드림 사이드 1을 그저 유흥으로 여기고, 게임처럼 플레이했다.

반면 데칼은 아예 이 세계의 비밀을 알고 있었다. 0116 채널의 관리자의 입김이 아주 강렬하게 닿아 있었다.

'반칙 아니냐고.'

물론 이건 관리자들 마음이었다. 일개 플레이어인 강서준이 짜증을 낸들 어찌할 도리는 없었다.

'똘똘 뭉쳐도 난관을 헤쳐 나가기 어려운 실정이야. 당장이라도 뭉쳐 앞날을 대비해야지.'

하지만 강서준은 그 모든 대의나 말들을 뒤로하고 고개를 가로저으면서 마일리의 말을 잘랐다.

단 하나만은 수락할 수 없었다.

"거절하겠습니다."

"당연히 거절…… 네?"

"정중하게 거절한다고요."

마일리는 도통 이해할 수 없다는 표정으로 강서준을 올려다봤다. 그녀의 미간은 한껏 구겨졌다.

"돈이군요."

"네?"

"……걱정 마세요. 강서준 님에게 피해가 가는 일은 없을 겁니다. 플레이어 협회를 운영하는 데엔 강서준 님의 사비가 이용될 일은 없을 겁니다. 이제 됐죠?"

애처로운 사슴 같은 눈망울이었지만, 강서준이 그녀에게 해 줄 말은 여전히 같았다.

"거절합니다."

이후로 포탈 던전이 이전의 평화를 되찾기까지 긴 시간이 소요되지 않았다.

고작 이틀.

플레이어들은 집요하게도 던전의 구석까지 파헤쳐, 쉐도우를 소탕했다. 결국 몬스터 하나 없는 이전의 던전으로 되돌리는 데 성공한 것이다.

각국의 경쟁적인 소탕 작전의 여파였다.

-이것으로 소탕 작전을 마무리합니다만…… 여러분에게 제안할 게 있습니다. 다가올 큰 재난을 막기 위해 특별한 기구를 설립하고자 해요.

강서준은 연단에 서서 생방송으로 전 세계의 플레이어를 향해 연설을 펼치는 마일리를 바라봤다.

성녀 모르핀.

아니, 오늘날까지 포탈 던전을 관리하던 기업 '디스 플레이스'의 대표 '마일리 그레이스'는 수많은 카메라 앞에서도 주눅 들지 않았다.

당당하게도 입을 열었다.

-'플레이어 협회'를 만들고자 합니다.

그녀의 폭탄 발언은 거센 후폭풍을 불러왔지만, 다행인 건 이미 그녀와 결탁한 길드가 적지 않다는 것이다.

-디스 플레이스, 피닉스, 화정…… 도합 다섯 개의 대형 길드가 함께하고 있으며, 오늘날 플레이어 협회로의 참여를 여러분 모두에게 권하고자 합니다.

플레이어 협회 '유니온(Union)'.

강서준에게 제안했던 것과 별반 다를 게 없는 내용의 연설이 방송을 타고, 너튜브 등으로 널리 퍼지고 있었다.

단연 사람들의 이목이 집중됐고 시청자 수는 유례없는 수준으로 폭등하고 있었다.

긍정적인 반응과 부정적인 의견의 대립도 한층 심화됐다.

마일리는 목에 힘을 주어 말했다.

-1대 협회장은 랭킹 2위이신 '리트리하' 님이 수행하기로 했습니다. 그럼 앞으로 유니온의 계획에 대해 설명드리겠습니다…….

거기까지 시청한 강서준은 영상에서 시선을 떼고, 옆의 홀로그램을 바라봤다.

-솔직히 아깝지?

마찬가지로 마일리의 연설을 감상 중인 링링의 말이었다.

강서준이 무슨 소리냐는 듯 쳐다보자 링링이 재차 물었다.

　─관심이야 없는 줄 알았지만, 떠먹여 주는 협회장 자리를 거절한 거
잖아. 잭이 알면 배 아파 죽을걸?

　"안 아까워."

　─단 1도?

　"응."

　이렇게까지 집요하게 물어본다면 괜히 손해 본 느낌은 든
다. 하지만 선택에 후회는 없었다.

　이유를 찾아보면 많을 것이다.

　일단…….

　"귀찮잖아."

　─그야 그렇지.

　"내가 돈이 없는 것도 아니고."

　지상수의 사업은 꽤 진취적으로 성장하고 있었다. 도깨비
주식회사는 깨비물산, 깨비은행 등…… 각종 사업을 잇는 모
양이었고.

　포탈 던전을 기점으로 전 세계에 거래처를 늘려 놓았다고
도 들었다.

　당장 투자 비용은 많이 들더라도 훗날 기대할 수익은 대단
할 '협회장' 자리가 그다지 탐이 안 날 정도였다.

　막말로 앉은 자리에서 숨만 쉬어도 알아서 수많은 돈이 그

의 지갑에 채워지고 있었으니까.

강서준은 쓰게 웃으며 말했다.

"그보다 나한텐 자격이 없어."

-자격? 네가?

"협회장은 모험을 하면 안 되니까."

무언가를 책임지는 자리였다.

겁도 없이 '헬 난이도 퀘스트'를 골라서도 안 되며, 리스크를 감당해 내는 무모한 도전도 아니 될 것이다.

협회장이 무너지면 그 단체가 흔들린다. 과연 강서준이 그런 자리에 서서도 지금처럼 플레이할 수 있을까?

그는 고개를 가로저었다.

"난 너처럼 인류를 보전하고자 하는 목적도, 마일리처럼 인류를 구원해야겠다는 사명감도 없거든."

강서준의 목적은 늘 하나였다.

그것도 지극히 개인적인 소망.

"난 평범하게 살 거야."

-뭐?

"남들처럼 평범하게 가정을 꾸리고, 자식을 낳고, 평범하게…… 아주 평범하게 늙고 싶어."

어려서 부모를 잃고, 빚쟁이에게 쫓기고, 진즉에 차디찬 현실에 치인 그였다.

아마 이루긴 힘들 것이다.

멸망해 버린 세계였기에 더욱 그렇다.

하지만 포기할 생각은 없다.

"그러려면 이 게임을 공략해야 해."

─소박하면서 원대한 꿈이네. 근데 협회장이 되면 더 공략하기 쉬워지지 않을까? 아무래도 권력이 생기잖아.

맞는 말이다.

협회장이 된다면 산하의 길드를 힘으로 얻을 수 있다. 이를 통해 던전 공략에 박차를 가할 수도 있다.

결국 힘이란 사용하기 나름이니까.

강서준이라면 협회장의 능력을 십분 활용하여 게임 공략에 보탬이 될 수도 있을 것이다.

"공략 인원을 구하는 건 굳이 협회장이 아니라도 가능하잖아."

─흐음…….

"그리고 내가 책임질 게 너무 많아지면 그릇된 선택을 할 것만 같거든."

─그릇된 선택이라니?

강서준은 문득 알론 제국의 황제를 떠올렸다.

일찍이 소드 마스터로 이름을 알렸고, 성군으로도 칭송받던 그는 어째서 세계를 멸망시킨 주범이 됐을까.

그의 결정엔 무엇이 잘못된 걸까.

강서준은 어깨를 으쓱였다.

"가장 중요한 건 내 체질이 아니라는 거겠지만."

그는 드림 사이드 1에서도 길드를 만들지 않았다. 소속이 있다 해도 길드장 단 한 명뿐인 1인 길드.

종종 공략에 다른 플레이어가 필요할 경우에만 그들에게 협조를 구했다.

길드를 만들거나 이에 소속된 적은 없었다.

이유는 하나였다.

'이래저래 해야 할 것들이 생겨.'

자잘한 것들이 모이면 결국 장애물이 된다. 강서준은 게임을 공략하는 데에 있어 그런 사소한 것들까지 신경 쓰고 싶지 않았다.

안 그래도 신경 써야 할 것 투성이인 세상인데, 더 늘릴 여유가 어디에 있단 말인가.

'그럴 시간에 던전을 하나라도 더 공략하고, 레벨을 1이라도 올리는 게 이득이지.'

링링은 어느 정도 납득한 듯 고개를 끄덕였다. 그리고 뭔가 떠올렸는지 돌연 미간을 찌푸리며 물었다.

-그나저나 아크로 바로 돌아오지 않는다는 건 무슨 소리야?

원래대로라면 포탈 던전에서 성녀를 만나 그들의 계획을 제안하고, 이후 아크로 함께 복귀할 예정이었다.

그 과정에서 여러 일이 있었지만 결국 성녀의 한국 내방은 이미 결정된 사안.

강서준은 오랜만의 복귀만을 남겨 두고 있었다.

하지만.

"들를 곳이 있어."

—……또?

"응. 미안하지만 남은 계획은 너희들에게 맡겨야 할 것 같아. 괜찮겠지?"

—어려운 건 없으니 뭐…….

링링은 진심으로 궁금하다는 듯한 얼굴로 물었다.

—대체 어딜 다녀오겠다는 거야?

강서준은 곰곰이 생각하더니 답했다.

"음…… 등산?"

<br>

이튿날, 강서준은 모든 채비를 마치고 호텔을 나설 수 있었다.

그와 함께 움직이는 사람은 그를 제외하고 넷.

강서준은 한쪽에 선 진혁수를 향해 말했다.

"이곳에서 박명석 씨를 도와 협회 일을 좀 맡길까 해요."

"……제가요?"

"박명석 씨에게 말해 뒀으니 그가 알아서 잘 챙겨 줄 겁니다."

플레이어 협회는 현재 세계에서 가장 뜨거운 바람을 일으키는 단체였다.

리트리하를 구심점으로 모인 협회는 오늘날 세계 기구라는 명목으로 수많은 플레이어를 영입하고 있었다.

그중 '운영팀'도 모집하고 있었다.

강서준은 그곳에 진혁수를 추천했다.

"너무 부담 갖진 마세요. 진혁수 씨라면 충분히 잘해 낼 테니까."

"제가 정말 할 수 있을까요?"

"자신을 가져요. 당신의 외교 스킬은 흔한 재능이 아니니까."

진심이었다.

대략 1년에 가까운 시간 동안 천안의 사람들을 속여 온 배포도 그렇고.

불가능에 가까운 계획을 현실로 해낸 치밀함, 불안한 플레이어들을 이끄는 그만의 리더십.

아무리 생각해도 진혁수만 한 플레이어가 세계 각국의 개성 강한 이들이 모이는 유니온에 있어야만 한다.

진혁수는 여전히 걱정이 가득한 얼굴로 말했다.

"강서준 씨가 그렇다면 그런 거겠죠. 하지만 이번 작전에 우리 백호가 꼭 참여해야 하는 겁니까?"

이곳에 남기로 한 진혁수를 제외하고, 그의 아들인 진백호는 강서준과 함께 움직이기로 했다.

주요 인물인 그를 따로 방치할 수도 없을뿐더러, 강서준의 목적지엔 진백호가 반드시 필요했다.

"네. 백호 씨가 없으면 이번 작전에 너무 긴 시간을 쓰게 될 겁니다."

링링에게 듣기로는 정규 업데이트까지 남은 시간은 약 한 달.

정확히 이 게임이 오픈한 이후로 1년이 되는 달, 혹은 쉐도우 웨이브가 벌어진 날을 기점으로 한 달 후.

그때 정규 업데이트가 실시될 것이다.

세상은 새로운 던전으로 가득찰 것이며, 0116 채널도 열리고 말겠지.

"그리고 백호 씨도 훈련이 필요해요. 이번엔 켈이 많이 도와줄 겁니다."

강서준은 한쪽에서 그를 기다리는 네 명의 동료들을 둘러봤다.

최하나와 김훈은 이제 어딜 가든 강서준을 쫓을 기세였고, 진백호는 특별히 강서준이 부탁한 '켈'과 함께였다.

'켈의 정령술이 필요해.'

랭킹 11위에 달하는 바람의 정령술사 '켈'이라면, 진백호의 몸에 잠재된 '정령왕'의 힘을 제대로 다룰 수 있게 도울 것이다.

남은 한 달.

성장해야 하는 건 강서준만이 아닌 것이다. 최하나도, 김훈도…… 진백호도 모두 성장해야 한다.

문득 진혁수가 물었다.

"근데 어디로 가신다고 하셨죠?"

"네?"

"부디 위험한 곳은 아니면 좋겠는데요. 정말…… 괜찮은 거겠죠?"

아픈 아들을 1년간 끌어안고 살았기 때문일까. 어느덧 아들바보가 되어 이도저도 못한 진혁수를 보면서 강서준은 쓰게 웃었다.

한편으로는 부럽기도 했다.

"걱정 마세요. 진백호 씨가 다치는 일은 없을 겁니다."

"네, 네…… 케이 님이야 믿죠."

"그리고 목적지도 멀지 않아요. 포탈 던전으로 후딱 이동해서 금방 올라갔다 올 겁니다."

"……올라갔다 온다고요?"

강서준은 고개를 끄덕였다.

"에베레스트에 좀 다녀오려고요."

어디 산책이라도 가는 말투였다.

# 에베레스트 등반

숨을 들이마실 때마다 폐를 찔러 오는 날카로운 한기.

깎아지를 듯이 높은 절벽에 걸린 거대한 고드름.

정령의 힘으로 조성된 게 아니라, 오직 자연이 만들어 낸 광경이기에 더욱 놀라웠다.

"허억, 허억…… 아직 멀었습니까?"

유난히 거친 숨소리를 몰아쉬는 진백호가 잠시 멈춰 서더니 물었다. 다 죽어 가는 얼굴이었다.

"흐음…… 여기서 잠시 쉬어 갈까요?"

"드, 드디어!"

마음 같아서는 발길을 재촉해서 조금이라도 더 빨리 등반하고 싶었지만, 아무래도 슬슬 쉬어 가야 할 타이밍이었다.

진백호도 한계였고 말이다.

강서준은 인벤토리에서 뜨거운 물을 가득 담은 텀블러를 꺼냈다.

최하나가 말했다.

"그래도 절경이네요."

그녀의 시선을 따라 고개를 돌리니 산맥을 뒤덮은 눈이 햇살에 반사되어 보석처럼 반짝이는 게 보였다.

그저 눈에 파묻혔을 뿐인 절망적인 천안과는 확실히 달랐다.

때 하나 묻지 않은 순수한 자연경관.

"아무렴 에베레스트니까요."

"그죠."

에베레스트산.

대략 8,848m에 다다르는 히말라야산맥에서 가장 높은 산.

이른바 이 세계의 정상이었다.

"수많은 사람이 목숨을 내던지면서도 이 산을 오르잖아요. 많은 이유가 있겠지만 아마 이 풍경도 한몫할 겁니다."

적어도 이런 경이로운 풍경은 에베레스트산을 오르지 않고서야 볼 수 없다.

그나저나 이렇게 에베레스트산을 오르게 될 줄이야.

우주에서 지구를 내려다볼 때와는 또 다른 감동이 밀려와, 절로 탄식이 흘러나왔다.

영화보다 더 비현실적인 게 현실이다.

"흠흠."

문득 들려온 소리에 고개를 돌리니 뭔가를 꺼내어 계속 기다리는 이루리를 발견할 수 있었다.

여태 감투에 숨어 힘든 건 전부 피한 주제에, 이럴 때는 귀신같이 나와 빠지질 않는다.

이루리는 컵라면을 내밀면서 말했다.

"솔직히 이런 곳에서 컵라면은 못 참잖아."

"그건 인정하지만…… 조금 얄밉네."

"적합자. 그렇게 속이 좁으면 여자한테 인기 없을 거야."

"없어도 되는데."

그러자 그녀는 강서준의 옆을 흘겨보더니 음흉한 미소를 지었다.

"하기야 적합자는 상관없겠구나."

"뭘?"

"그런 게 있어."

그 뒤로도 강서준은 일행에게 하나씩 컵라면을 나눠 줬다.

금강산도 식후경이라고.

앞으로 올라야 할 산은 더 높았으니, 이쯤에서 식사를 하고 올라가는 게 좋았다.

그의 옆에 있던 최하나도 고맙다며 컵라면을 받아 들었다.

날씨가 추워서인지 얼굴이 조금 빨갛게 물들어 있었다.

"그나저나 슬슬 목적지에 대해서 알려 주시겠습니까?"

"네?"

"아무런 목적도 없이 에베레스트산을 올라온 건 아니지 않습니까. 이곳에 분명 뭔가가 있다는 건데……."

강서준은 자신에게 집중된 시선에 나지막이 고개를 끄덕였다.

포탈 던전에서야 듣는 귀가 많아서 선불리 관련된 내용은 꺼내지 못했다.

하지만 이곳까지 온 마당에 목적지에 대한 정보를 공유하지 않을 수는 없겠지.

강서준은 시선을 정상으로 두고 말했다.

"우린 정상에 오를 겁니다."

앞서 말했듯, 에베레스트산을 오르는 이유는 여러 가지가 있을 것이다.

누구는 절경을 직접 두 눈에 담기 위해서.

누구는 도전을 참질 못해서.

또 누구는 명예를 얻길 위하여 오를 것이다.

하지만 강서준은 그중 무엇도 목적으로 두질 않았다.

그가 에베레스트산을 오르는 이유.

"그곳에 '차원 서고'가 있으니까요."

오직 그 때문이다.

차원 서고.

한 세계의 모든 기록이 담겼다고도 알려졌으며, 혹은 다른 세계의 편린을 엿볼 수 있다고 알려진 도서관.

그럴듯한 이름과 특징을 가진 곳이었지만, 사용처로 따지자면 강서준만은 반드시 방문해야 하는 장소였다.

'전직할 수 있는 곳이니까.'

자고로 차원 서고는 '도서관 사서'가 2차 전직을 할 수 있는 유일한 장소였다.

즉 도서관 사서에게 있어서 그곳을 방문한다는 건 필연적인 일.

'차원 서고는 하늘과 맞닿은 가장 높은 땅에 있는 게 특징이야. 지구에서 차원 서고를 찾으려면 에베레스트산의 정상밖에 없어.'

드림 사이드 1에서도 가장 높은 산의 정상을 밟고서야, 차원 서고를 찾을 수 있었다.

강서준은 과거를 상기하며 일행을 돌아봤다.

"아마 차원 서고로 들어서면 여러분들도 몇 가지 혜택을 얻을 수 있을지도 몰라요. 이래봬도 세계의 기록이 담긴 곳이니까요."

게임에선 그저 특수한 도서관이란 인식이었지만, 이제 와서 생각해 보면 차원 서고는 여러모로 대단했다.

'다른 세계의 편린을 엿볼 수 있어.'

고작 게임일 때는 배경지식이나 퀘스트 정보에 불과했을 것이다.

하지만 그 모든 도서가 '역사서'와 같은 것이다.

다른 세계의 편린. 즉 드림 사이드의 실체에 다가설 수 있는 기회였다.

'어쩌면 0116 채널에 대한 정보도 있을지도 몰라.'

물론 어디까지나 추측이다.

진짜 세계의 기록을 담고 있는지도 모를 일이고, 그걸 열람할 수 있는지도 알 수 없다.

그래.

직접 확인하기 전엔 모른다.

'만약 정말 존재한다면, 반드시 알아 둬야 해. 적들은 우릴 알지만, 우린 그들에 대해서 아는 게 없으니까.'

적어도 0116 채널은 지구와는 시작점이 다르다는 것만을 안다.

그들은 이미 강한 힘을 갖고 있었으니까.

'지구처럼 게임으로 접속하는 방식이 아닐지도 몰라. 아예 레벨 개념이 없는 걸 수도 있고.'

드림 사이드 1을 생각해 보면 쉽게 추측할 수 있는 문제였다.

그곳은 '과학'이 덜 발달된 대신, '마법'이나 '검술'이 대단히 발전한 세계였으니까.

'그게 아니라면 데칼의 강함은 설명이 안 되니까.'

애초에 그들의 세계로부터 쉐도우가 넘어왔다. 그것만으로도 저쪽에도 몬스터가 존재한다는 걸 알 수 있다.

"찾을 수만 있다면 적의 문화, 습관, 환경까지. 가능한 한 많은 걸 알아내야 해요. 정보에서 뒤떨어지면 우린 속수무책으로 밀릴 테니까."

그래서 강서준은 이번 원정에 김훈과 최하나까지 포함시켰다.

공감각이 특별히 발달한 김훈과 매의 눈을 가진 최하나. 분명 그 복잡한 공간에서도 원하는 정보를 찾아낼 것이다.

'이루리도 있고.'

슬쩍 읽는 것만으로도 수개월분의 계산이 가능한 '천재적인 두뇌'를 가진 그녀였다.

고작 한 달의 시간일지라도 해 볼 만한 얘기였다.

'게다가 두 사람이면 시련도 충분히 돌파할 수 있을 거야.'

문득 김훈이 정상을 올려다보며 말했다.

"결국 정상까지 올라가야 하는군요."

"그렇죠. ……왜, 벌써 지쳤어요?"

"그건 아니지만, 제가 워낙 추위에 약해서요."

확실히 김훈은 유난히 온몸에 칭칭 두르고 있는 옷가지가 많았다. 저 두꺼운 옷 속엔 도배라도 하듯 핫팩도 붙이고 있을 것이다.

강서준은 쓰게 웃었다.

"조금만 더 참으면 괜찮아질 겁니다. 진백호 씨도 꾸준히 성장하고 있으니까요."

"네…… 그렇겠죠."

강서준과 김훈의 시선은 컵라면을 먹고 있는 진백호에게 향했다.

그나마 에베레스트산을 수월하게 등반할 수 있는 이유는, 그들이 플레이어라는 사실 이외에도, 진백호가 함께한 덕이 클 것이다.

아직 힘을 제대로 다루지 못하여 열기를 완전히 컨트롤하진 못했지만, 그도 나름 꾸준히 수련을 거듭하고 있었으니까.

그것도 특급 과외 선생님을 대동했다.

이번 원정에 참여한 인물 중 유일한 뉴 페이스.

랭킹 11위의 바람의 정령술사.

켈은 마시듯이 컵라면을 먹더니 진백호를 향해 열띤 강의를 다시 시작했다.

아무래도 오늘 가장 말이 많은 사람으로 치자면 단연 켈이 1등을 차지할 것이다.

"결국 정령은 마인드 컨트롤이 중요해요. 신체의 스펙보다는 영혼의 역량이 정령을 조종할 수단이 되어 줄 테니까."

"그, 그렇군요."

"그렇다고 신체 능력을 가볍게 여기진 마세요. 그릇이 깨지면 정령은 폭주할 겁니다."

강서준의 부탁을 받은 켈은 흔쾌히 진백호의 교육을 맡아 줬다.

아무렴 정령왕을 다룬다는 데에 있어서 그만한 권위자는 없었고, 무엇보다 켈은 누군가를 가르치길 좋아하는 편이었다.

'투 머치 토커(Too much talker)니까.'

신난 듯 강의를 잇는 켈은 진심으로 이 상황을 즐기고 있었다.

물론 공짜로 강의를 해 주는 건 아니었다.

'프랑스에 나타난 B급 던전을 처치해 달라던가.'

사실 B급 던전은 켈이 조금만 더 성장한다면 충분히 공략할 수 있는 수준이었다.

문제가 있다면 그 특징.

'마력 제한 구역이 있댔지.'

정령술사에게 있어 상극과도 같은 '마력 제한 구역'이 특징으로 자리 잡은 던전인 것이다.

거긴 C급이라 해도 켈은 공략할 수 없다.

한편 열심히 강의를 잇는 켈과 진백호를 바라보던 최하나가 나지막이 물었다.

"그나저나 신기한 아이예요. 한 몸에 정령왕을 두 개나 담고서도 정령에 대한 정보가 일자무식(一字無識)이라니."

"그렇겠죠."

"분명 오픈 당시부터 정령병을 앓았다지 않았습니까? 그럼 섭종 보상이란 얘긴데……."

최하나의 얘기를 들으면서 그녀가 느끼는 의문이 무엇인지 강서준도 이해하고 있었다.

사실 강서준도 그것 때문에 꽤 골머리를 앓았으니까.

'섭종 보상을 받을 정도라면 진백호도 드림 사이드 1에서 정령왕을 다뤘다는 거니까.'

하지만 진백호는 정령에 대해선 아는 게 전혀 없었다. 아니, 그는 아예 드림 사이드 자체를 알지 못했다.

그는 드림 사이드 1의 플레이어가 아닌 것이다.

그게 가당키나 할까.

'추측하자면 하나야.'

진백호는 드림 사이드 1과는 전혀 상관없이 '불의 정령왕'을 몸에 담아낸 것이다.

아마 그의 특이체질, 그리고 그라는 존재 자체에 원인이 있을 것이다.

'그는 주요 인물이니까.'

이 세계의 주요 인물.

죽는다면 자칫 세계의 존폐를 위협하는 특수한 존재.

아직 그 존재에 대해서는 정확한 정보가 없었기 때문에 뭐든 속단하기엔 이르다.

'차원 서고에서 주요 인물에 대해서도 알아보면 좋겠어. 흐음…… 한 달은 너무 짧군.'

괜히 조바심이 난 강서준은 최하나의 질문에 제대로 답을 주지도 못한 채, 어깨를 으쓱이며 자리에서 일어났다.

컵라면도 다 먹었겠다.

다시 등반을 시작할 때였다.

"벌써요?"

김훈과 진백호가 질린 얼굴로 바라봤지만 봐줄 생각은 없었다.

늦으면 손해는 그들 몫이다.

이 세계엔 두 번째 기회는 없으니까.

그리고 벌써 지쳐서는 아니 될 말이다.

"미안하지만 앞으로 더 고된 일정이 될 겁니다."

"네?"

"에베레스트산은 올라갈수록 힘든 산이고, 우린 이제 막 초입에 다다른 상태니까요."

이곳은 원래 수많은 사람의 생명을 앗아 간 전적이 있는 극악의 난이도를 가진 산이다.

인벤토리를 열 수 있고, 파이어 마법을 쓰거나 '불의 정령왕'을 다루는 그들이 얼어 죽을 일은 없겠지만.

그럼에도 쉽진 않을 것이다.

왜 굳이 여기서 쉬었다 가겠는가.

끼이이이이이익!

때마침 울리는 괴성이 있었다.

강서준은 정상 부근의 하늘을 가로지르는 한 마리의 몬스터를 확인했다.

'아이스 이글'이라 불리는 B급 몬스터. 레벨은 200을 넘어서는 녀석이 자유롭게 필드를 오가고 있었다.

"강서준 씨."

미간을 좁히며 멀리 산맥을 둘러보던 최하나는 강서준에게 한쪽을 가리켰다.

눈덩이가 우르르 무너지고 있었다.

눈사태는 아닐 것이다.

'아이스 독.'

이놈도 레벨만 250을 넘는다.

전부 B급의 몬스터.

그렇다면 에베레스트는 벌써 B급 던전이 '던전 브레이크'를 일으키고, A급 던전이 생성됐다는 걸까.

아마 그건 아닐 것이다.

강서준은 일행을 돌아보면서 말했다.

"예상은 했지만 이곳은 역시 던전이 됐어요. 아무래도 이전부터 알아주는 명소였으니까요."

원래 던전 발생의 첫 번째 타겟은 '관광명소'나 '랜드마크' 같이 널리 알려진 장소였다.

　　그리고 '에베레스트산'은 수많은 산악인에게 각광받는 장소이자, 모르는 사람이 없을 정도로 유명한 곳.

　　지구에서 가장 높이 솟은 산이다.

　　"오픈 던전이 된 겁니다."

　　오픈 던전.

　　몬스터가 나타나도 충분히 납득할 정도로 천혜의 환경을 갖춘 땅에서야 등장하는 특수 던전.

　　여느 던전처럼 입구는 존재하나 그 경계가 모호하여 언제든 몬스터들이 외부로 빠져나가도 이상하지 않은 곳.

　　그리고 이런 곳을 두고 드림 사이드 1에서는 최종적으로 이런 이름으로 불렸다.

　　'블랙 그라운드라고.'

　　쿠우웅!

　　묵직한 울림과 함께 나타난 건 레벨만 230에 달하는 '블랙 베어'라는 녀석이었다.

　　덩치만 무려 5m.

　　커다란 앞발을 휘두르자 애꿎은 바닥에 균열이 생겨났다. 강서준은 그 틈을 놓치지 않고, 앞발을 밟아 바로 놈의 머리로 뛰어들었다.

　　이마에 박혀 있는 반달의 수정.

블랙 베어의 마력을 보관하는 그릇은 놈의 무기이자, 가장 치명적인 약점이었다.

콰지지직!

창졸간에 꽂아 넣은 재앙의 유성검은 수정을 아스라트렸지만, 싸움이 끝난 건 아니었다.

쿠웅! 쿠우웅!

블랙 베어는 5m나 되는 덩치에 어울리지 않게 무리를 지어 다니는 '집단 개체'였으니까.

대략 다섯에서 여섯.

비록 리자드맨처럼 수백 단위로 움직이는 게 아닐지라도 위험한 건 이쪽이 더 클 것이다.

'비유하자면 자이언트 혼 리자드가 뭉쳐 다니는 꼴이니까.'

강서준은 최하나와 김훈이 각 하나씩 선점해서 블랙 베어를 담당하는 것까지 확인했다.

이제 다섯의 몬스터 중 남은 건 둘.

그 앞에 선 건, 바람의 정령술사 '켈'과 그의 제자인 '진백호'였다.

"무릇 정령술사라 함은 언제 어디서든 당황해선 안 될 일입니다."

말 많은 켈답게 한껏 설명부터 시작하더니, 그의 정면으로 마력을 조율했다.

바로 응답하는 건, 근처에서 대기 중이던 수십의 하급 정령이었다.

"기본적으로 마법사와 특징은 비슷합니다. 거리를 내주질 않는 게 최선의 전투법이라 할 수 있죠."

그의 명을 따르는 수십의 하급 바람 정령들이 두 마리의 블랙 베어를 동시에 묶어 두고 있었다.

블랙 베어는 성난 듯 앞발을 휘둘렀지만, 사방을 둘러싼 바람의 벽을 뚫지 못했다.

단순히 바람의 벽이 단단해서 블랙 베어를 묶어 두는 것도 아니었다.

'역시 켈에게 부탁하길 잘했어. 게임에서 봤을 때보다 응용력이 더 대단한 것 같네.'

류안으로 바람의 흐름 정도야 모두 읽고 있었다. 강서준은 방금 켈이 해낸 기예도 모두 파악하고 있는 것이다.

그는 눈에 보이지 않는 바람을 이용해서 터무니없는 '속박술'을 시도하고 있었다.

'블랙 베어가 바람의 벽을 때릴 땐 그 힘을 풀어 허공을 때리게 하고, 지나가려 할 때마다 뭉쳐 벽을 만들었어.'

단순한 페이크였지만 지능이 인간 수준으로 높지 못한 몬스터에겐 효과적일 수밖에 없다.

블랙 베어는 공격을 할 때마다 허공을 가르는 손에 당황했고, 지나갈 때면 막아 대는 벽에 어안이 벙벙한 꼴이었다.

가진 능력을 최대로 활용하면서 쓸데없는 힘의 소모는 줄이는 방식.

켈은 진백호에게 말했다.

"무엇보다 당신은 하위 정령부터 자유자재로 다루는 능력을 익혀야 해요. 그게 정령술의 시작이 될 겁니다."

"……그런가요."

"아직 제 말을 제대로 이해하진 못하는 눈치군요. 그럴 만해요. 당신은 정령왕을 둘이나 품고 있으니까."

"아, 아니…… 그게 아니라요."

켈은 진백호의 어깨를 꾹 눌렀다.

"하지만 알아야 할 겁니다."

"네?"

"컨트롤할 수 없는 힘은 그저 독일 뿐이라는 사실을요."

여기까지 말한 켈은 돌연 진백호의 등을 밀었다. 정면에서 성난 울음을 토해 내던 블랙 베어와 시선을 마주친 그때.

켈은 정령의 구속을 풀어 버렸다.

우어어어!

자유가 된 블랙 베어는 빠르게 진백호를 향해 내달렸다. 창백한 안색으로 그가 돌아봤지만, 도와줄 사람은 아무도 없을 것이다.

"거리를 내주지 말고 하위 정령으로 적을 공략해 보세요."

"네?"

"죽고 싶지 않다면요."

매정한 말 뒤로 블랙 베어의 앞발이 진백호를 노리고 휘둘러졌다. 부랴부랴 몸을 피한 진백호는 겨우 자세를 잡았다.

"파, 파이어……!"

하지만 뿜어져 나온 불꽃은 극소량이었다. 블랙 베어는 순간을 놓치질 않고 진백호를 향해 달려들었다.

절체절명의 위기.

단 20cm를 앞두고 블랙 베어의 몸이 허공에서 굳었다. 두눈을 질끈 감고 있던 진백호는 실눈을 떠 상황을 확인했다.

금방이라도 그를 씹어 먹을 기세였던 아가리가 바로 앞에서 침을 뚝뚝 떨어트리고 있었다.

고작 '바람의 벽'에 막힌 채로.

"피해요. 오래 못 버티니."

그 말과 동시에 바람의 벽이 옅어졌다. 진백호는 아연실색하며 펄쩍 뒤로 물러났다.

블랙 베어의 어금니가 허공을 씹었다.

켈이 말했다.

"다시 갑니다. 자신감을 가져요. 당신에겐 정령왕이 있지 않습니까."

"……아, 알겠습니다."

진백호는 호흡을 가다듬고 손을 앞으로 내밀었다. 블랙 베어도 약이 바짝 올랐는지 혈안이 되어 달려들었다.

츠츠츳…….

이번엔 마음가짐이 달랐을까.

진백호의 앞에 집결되는 마력의 양이 달랐다. 애초에 대기 중의 마력을 사용하는 체질인 그에겐 종전의 불꽃부터 말이 안 된다.

"파, 파이어!"

같은 주문이었지만, 결과는 달랐다.

콰아아아아아아아앙!

폭발하듯 쏟아진 마력과 동조한 불꽃이 정면을 뒤덮었다. 엄청나게 강렬한 불꽃은 블랙 베어를 포함하여 인근의 눈까지 전부 녹여 냈다.

어마어마한 위력이었다.

'확실히 진백호는 레벨과 무관한 힘을 갖고 있어. 몸이 버텨 준다면 레벨을 초월하는 힘을 쓸 수도 있을 거야.'

그전에 그를 플레이어라 부를 수 있을까?

그는 '드림 사이드'를 플레이해 보지 않았으며, 2에 로그인한 적도 없는 주제에 정령왕을 가진 자.

나도석보다 더 이레귤러인 존재였다.

쿠구구구궁!

어쨌든 문제는 진백호가 그 힘을 주체하질 못한다는 점이었다.

한계가 없는 힘.

해서 스스로에게 독이 될 수도 있는 힘은, 과할 정도로 발현되면 역시나 본인까지 피해 대상에 적용된다.

"……하아."

강서준은 주변에서 심상치 않은 흐름을 발견할 수 있었다.

종전에 발현된 파이어의 위력이 에베레스트에 오랫동안 쌓인 눈을 건드렸고, 세상이 무너질 듯이 지진이 시작되고 있었다.

어쩌면 당연한 수순이었다.

'여긴 블랙 그라운드가 되어 가는 땅이니까.'

드림 사이드 1에서의 블랙 그라운드는 각종 재난이 몰아치는 땅이었다.

그리고 블랙 그라운드에서 발생하는 재난의 원인은 '들끓는 마력의 불안정'이었다.

'한데 그곳에서 엄청난 마력이 담긴 불꽃이 터진 거야. 예민하게 반응할 수밖에 없겠지.'

켈은 파이어를 발동한 것과 동시에 뒤로 나자빠진 진백호를 향해 나지막이 말했다.

"어때요. 독이죠?"

"……끄응."

"어린 꼬마한테 핵폭탄의 스위치를 쥐여 준 꼴이라니까요."

그러더니 켈은 정령을 활용하여 블랙 베어의 무거운 몸을 위로 올렸다.

두둥실 떠올라 당황하는 블랙 베어!

상공에서 마력을 끊자, 녀석은 아래로 추락했다.

교묘하게 정령을 이용한 그는 블랙 베어의 추락 부위도 머리로 고정시켰다.

결과는 참혹했다.

"이놈에겐 그만한 마력이 필요하지도 않았어요. 이마의 수정만을 파괴하면 될 일이니까."

고작 하급 정령만을 활용한 기술이었다. 당연히 쓴 마력의 양도 대단히 미미했다.

수정이 깨져서 괴로워하는 블랙 베어를 향해 바람의 칼날을 난도질한 켈은 어깨를 으쓱이며 말했다.

"그러니 당신은 반드시 정령술을 기본부터 익혀야 해요. 다스리지 못하면 결국 먹히는 건 당신이 될 테니까."

무릇 정령왕은 큰 힘이고.

컨트롤하지 못하면 치명적인 독이다.

"그럼 오늘의 강의는 여기까지."

그 말을 끝으로 먼 산에서 우르르 눈덩이가 몰려오는 게 보였다.

종전에 쏘아 낸 불꽃의 여파로 에베레스트에 때아닌 눈사태가 쏟아지는 것이다.

후두두두둑!

투두둑!

다행히 눈사태는 어렵지 않게 피할 수 있었다.

강서준이야 '용아병의 날개'가 있으니 하늘로 피할 수 있고, 바람을 다루는 켈은 일행을 가뿐히 공중으로 날아오르게 했다.

공간 이동이 가능한 김훈은 말할 것도 없었다.

"오늘은 여기서 쉬었다 가기로 하죠."

그렇게 잠시 눈을 피한 일행은 슬슬 저무는 석양을 보며, 오늘의 일과를 마무리하기로 했다.

제아무리 그들이라 해도 한밤중의 던전을 돌아다니는 건 쉬운 일이 아니었으니까.

그것도 B급 던전이다.

그들은 적당한 위치의 절벽에 난 동굴을 찾아 잠시 쉬어 가기로 했다.

"……저, 강서준 님?"

그렇게 휴식을 취할 즈음이었다.

하루의 일정이 지쳤는지 금세 곯아떨어진 일행을 뒤로하고, 진백호가 옆으로 다가왔다.

꽤나 수척한 얼굴이었다.

"꽤 힘든 여정이었을 텐데…… 왜 쉬지 않고."

"잠이 안 와서요."

"거짓말하지 마세요. 다크서클이 입까지 내려왔는데."

진백호는 세상이 이 꼴이 나기 전엔 평범한 고등학생이었다. 운동보다는 공부에 열중하던 흔한 대한민국의 고딩.

그런 아이가 느닷없이 에베레스트를 등반하고 있었다. 지치지 않을 수 없는 일이다.

하지만 진백호는 힘을 주어 말했다.

"정말이에요. 잠이 안 와요."

그 눈빛을 들여다보던 강서준은 쓰게 웃으며 긍정해 줬다. 진실을 알아보는 이루리의 눈으로도 그 말은 진심으로 들렸으니까.

강서준은 조심스레 물어보기로 했다.

"……무슨 일이 있습니까?"

"사실 요즘 악몽을 꿔요."

"악몽요?"

"네. 매일 같은 꿈이에요. 그곳에서 저는 묶여 있어요. 앞이 흐려서 잘 보이진 않지만 사람들이 저를 보고 있고요."

"……좀 더 자세히 말해 보세요."

"소리는 들리지 않아요. 그저 아프다, 괴롭다…… 수많은 감각이 절 힘들게 해요. 그 악몽은 매일같이 꾸고 있고요."

강서준은 미간을 좁히며 진백호를 바라봤다. 그 눈에 생긴 다크서클은 그저 피로로 인해 생긴 게 아니었다.

"강서준 님에겐 꿈으로 들어가는 스킬이 있다고 들었어요. 혹시 제 꿈을 읽어 주실 수 있으세요?"

진지하고 꽤나 간절한 진백호의 시선이었다. 그가 얼마나 이 일로 고생하는지 훤히 보였다.

하지만.

"무리예요."

"네?"

"전 진백호 씨의 꿈으로 들어갈 수 없어요."

거짓이 아니었다.

사실 이 스킬을 만들었을 적에 그는 진백호의 꿈속으로도 들어가 보면 어떨까 고민해 봤으니까.

적어도 그가 주요 인물로 분류된 이유가 무의식에 숨어 있을 테니까.

하지만 그런 생각을 할 때마다 귀신같이 감각은 경고해 줬다.

'위기 감지'가 발동했다.

'진백호의 꿈속으로 들어가는 건 위험하다고 말하고 있어.'

해서 강서준은 진백호의 꿈속으로 들어가지 못한다. 그건 지금도 마찬가지였다.

그는 차분하게 이유를 설명해 줬다.

"······그렇군요."

"미안합니다. 아직은 때가 아닌 듯해요."

"네……."

대신 어깨를 축 늘어뜨린 진백호를 향해 몇 가지 조언 정도는 해 줄 수 있을 것이다.

"악몽은 악몽일 뿐입니다."

"네?"

"현실은 아니란 거죠."

꿈은 무의식의 영역에 있다.

어쩌면 그에게 새겨진 누군가의 기억일 수도 있고, 그가 직접 경험했던 기억이 섞였는지도 모른다.

중요한 건 현실이 아니라는 것이다.

그건 '기억'일 뿐이다.

어쩌면 '상상'이 만들어 낸 '가짜 기억'일 수도 있고.

"무엇보다 꿈의 원주인은 당신입니다. 용기를 내요. 그곳에도 분명 당신의 힘이 존재할 겁니다."

진백호는 알 수 없는 표정을 지으며 고개를 끄덕였다. 강서준도 더는 그에게 해 줄 말이 없었다.

결국 그가 해내야 할 일이다.

누군가의 꿈도 아니고, 그의 꿈에서 벌어지는 일이니까.

강서준은 문득 느껴지는 기운에 고개를 돌려 바깥을 둘러봤다.

희미하게 마력이 흐르고, 그 위로 커튼처럼 다채로운 빛줄기가 아래로 쏟아지고 있었다.

오로라.

진백호도 이를 발견했는지 나지막이 감탄하며 말했다.

"에베레스트에도 오로라가 보이나 봐요."

"글쎄요. 전 공부를 썩 잘한 편은 아니라…… 애초에 문과이기도 했고."

강서준은 어깨를 으쓱이며 말했다.

"뭐, 게임이 된 세상인데요. 서울에서 오로라가 나와도 이상하진 않을 겁니다."

"그런가요."

"네, 그런 겁니다."

그리고 자리에서 일어나며 옷매무새를 정돈했다. 진백호는 그런 강서준을 올려다봤다.

강서준은 씨익 웃고 있었다.

"진백호 씨, 너무 불안해하진 마세요. 당신의 꿈이 무언지는 몰라도, 어쩌면 해결 방법을 찾을 수 있을지도 모르니까요."

"네?"

강서준의 시선은 오로라로 향했다.

무지갯빛으로 빛나는 오로라.

그건 '차원 서고'가 열렸다는 징조였다.


절벽을 올라 보이는 언덕까지 무작정 달려갔다.

하늘에 드리운 무지갯빛 커튼 아래로 흰 눈이 보석처럼 반짝이고 있었다.

졸린 눈을 비비던 김훈은 약감 심통이 난 듯한 말투로 입을 열었다.

"이렇게 오밤중에 움직일 거라면 미리 알려 주시지 그랬어요."

"미안해요. 하지만 저도 오로라가 언제 나타날지는 정말 몰랐어요."

차원 서고로의 길을 안내하는 무지갯빛 오로라.

이건 정말 랜덤의 확률로 등장한다.

「하늘과 맞닿은 땅. 때가 되면 무지개 커튼이 열리고 서고로 오르는 길이 나타나리라.」

이게 드림 사이드 1에서 봤던 차원 서고로의 가는 길을 안내하는 문구였다.

이걸 풀이하기 위해서 강서준은 드림 사이드 1에서 가장 높은 산인 칼하르드산맥을 오르질 않았던가.

정상에서 주야장천 하늘만 올려다봤던 그때가 떠오른다.

"제가 아는 건 하루에 한 번은 반드시 오로라가 나타난다는 것 정도였어요."

강서준은 하늘의 오로라가 조금씩 작아진다는 걸 확인할

수 있었다.

하루에 한 번뿐인 기회.

이 타이밍을 놓친다면, 이 근방에서 하루를 더 기다려야 할 것이다.

"달려요. 일단 차원 서고부터 들어가고 마저 얘기하죠!"

"……알겠습니다!"

아쉽지만 여기서부터는 김훈의 공간 이동도, 켈의 바람 마법도 사용할 수 없었다.

오로라가 열린 그때.

주변의 마력은 요동치고 이 근방은 스킬을 사용할 수 없는 특수 지역으로 변하기 마련이니까.

['무지개 커튼 다리'에 입장했습니다.]

[!]

[마력이 불안정한 공간입니다. '일부 스킬'에 한하여 제한이 생겼습니다.]

여기서 '일부 스킬'이란 마력을 외부로 표출하거나, 공간 이동처럼 섬세한 마력 조절을 필요로 하는 기술을 말한다.

사용할 수야 있겠지만, 대기 중에 들끓는 마력 때문에 제대로 발현되지 않는다는 게 더 맞는 표현일 것이다.

그나마 다행인 건, 신체 부위에 그저 마력을 집중시킬 뿐인 '마력 집중'이나 '초상비'는 해당되지 않는다는 거겠지.

"다들 전력으로 달려요!"

발끝으로 집중시킨 마력으로 힘껏 거리를 널뛰다 보니 금세 커튼 아래의 입구를 발견할 수 있었다.

일렁이는 빛의 문.

지구에서 가장 높은 에베레스트의 정상에서만 진입할 수 있는 '차원 서고의 문'이었다.

"강서준 씨!"

하지만 아직 문제는 끝나지 않았다.

쿠우웅!

차원 서고의 앞에서 서서히 바닥이 일어나고, 그곳에서부터 생성된 한 몬스터가 있었으니까.

'스톤 골렘!'

차원 서고의 문지기라 불리는 자.

"강행 돌파해야 해요!"

강서준이야 '도서관 사서'의 직업을 갖고 있어, 스톤 골렘의 표적이 되진 않는다.

하나 다른 사람은 어떨까.

차원 서고의 진입 자격은 오직 '도서관 사서'에게 해당된다. 스톤 골렘은 무슨 수를 써서라도 일행의 진입을 막고자 할 것이다.

그게 시스템이 내린 명령이다.

'스톤 골렘은 강해.'

레벨 300에 달하는 괴물.

아마 오로라가 닫히기 전에 저놈을 쓰러트린다는 건 작금의 그들에겐 불가능한 얘기였다.

'그래. 쓰러트린다면 말이지.'

그가 이조차 모르고 여기까지 일행을 데려왔을까. 강서준은 빠르게 스톤 골렘을 지나치며 뒤를 점했다.

'스톤 골렘은 일종의 시험이야. 도서관 사서가 아닌 자는 그 시험을 통과해야 겨우 진입 자격이 생겨나는 거지.'

그리고 최하나를 향해 외쳤다.

"지금입니다!"

그녀의 라이플이 불꽃을 뿜어내면서 정확하게 스톤 골렘의 눈두덩이를 저격했다.

아쉽지만 이마에 부딪친 마탄.

대기 중의 마력도 상당히 흔들리고 있어 이래저래 저격하기 힘든 상황에서도 저 정도의 명중률이다.

역시 저격에 있어선 그녀를 따라갈 사람은 없다.

후우웅!

한편 스톤 골렘의 시선이 최하나에게 꽂힌 사이, 그는 놈의 뒤에 높이 뛰어오르고 있었다.

목적은 하나였다.

콰지지직!

정확하게 골렘의 뒷덜미에 뾰루지처럼 자라난 광석을 겨냥했다. 놈은 부르르 떨더니 의문 가득한 낯빛으로 강서준을 돌아봤다.

하지만 공격하진 않는다.

그는 '도서관 사서'였으니까.

곧 '차원 서고의 주인'이 될 자니까.

"다들…… 이젠 괜찮을 겁니다."

그리고 일행은 스톤 골렘의 눈치를 보면서 슬금슬금 이쪽으로 다가왔다.

어느덧 그들은 하나같이 '강서준'에게 업힌 상태였다.


[스킬, '분신(S)'을 발동 중입니다.]


스톤 골렘은 아래를 내려다보며 '여럿의 강서준'을 확인하고, 고개를 갸웃했다.

이질적인 기운이 섞인 건 알면서도 섣불리 공격할 수 없는 것이다.

'레이더를 파괴했으니까.'

일종의 꼼수였다.

종전의 강서준이 한 공격은 스톤 골렘의 목에 달린 '특정 마력에 대한 감지 기능'을 망가뜨린 것이다.

얼추 구분은 가능해도 세밀한 분류가 어렵도록 만들었다.

즉 놈은 '강서준의 분신'에 업힌 일행까지, 전부 '강서준'이
라 인식하는 것이다.

강서준은 눈앞에 일렁이는 빛의 문을 바라봤다.

츠츠츠츳!

어쨌든 스톤 골렘만 지나면 차원 서고로 들어갈 수 있다.
굳이 놈을 쓰러트리지 않아도 된다.

"그럼 들어가죠."

뒤를 돌아본 강서준은 스톤 골렘의 목에 난 상처가 저절로
복구된 걸 확인하며, 바로 차원 서고로 발을 들였다.

"흐읍……."

그렇게 진입한 순간, 숨이 턱 막히는 줄 알았다.

"……여긴."

살갗을 파고들던 정상의 칼바람도.

어지럽게 울리던 세상의 소음도.

그 아무것도 느껴지지 않는 곳.

"너무 조용하군요."

차원 서고는 말 그대로 고요함에 질식당할 것만 같은 장소
였다.

지독하게도 조용하기만 하여 멀미가 날 지경이었다.

강서준은 미간을 좁히며 일단 스마트폰을 꺼내어 주변을 밝혔다.

빛이 닿는 곳엔 먼지가 가득 쌓인 오래된 도서관의 풍경이 드러났다.

"그래도 제대로 찾아온 모양이네요."

"그럼 이곳이 바로……."

"네. 잠시만요."

강서준은 게임 속 풍경을 상기하며 한쪽 벽면으로 다가갔다. 기억이 맞다면 이곳에 버튼이 있을 것이다.

"오오…… 마력등인가요?"

마력으로 구동하는 판타지 세계관 특유의 전등. 은은하게 밝혀진 도서관은 다소 깨끗한 풍경은 아니었다.

강서준은 그걸 내려다보며 헛웃음을 지었다.

"……이건 예상 못 한 일인데."

"무슨 문제라도 있나요?"

"그대로예요."

"네?"

최하나의 반문에도 강서준은 대답할 수 없었다. 다시 생각해 봐도 황당했기 때문이다.

이곳이 제아무리 '차원 서고'란 이름을 가졌다고 해도…….

게임 속에서 오직 강서준만이 누렸던 공간이라 할지라도.

'내가 사용한 흔적이 그대로 남아 있다고?'

강서준은 차원 서고의 한쪽에 놓인 상자도 확인해 봤다. 종종 그가 아이템 상자로 활용하던 물건이다.

"……아이템도 그대로 있네."

다만 안에 있는 건 포션이나 음식 같은 소비용 물건이었다. 차원 서고에서 오랫동안 버티기 위해 비축해 둔 것들이다.

최하나도 내용물을 확인하며 탄식했다.

"이거 설마……."

"전부 제가 채워 둔 아이템들입니다."

그중 강서준은 '정령의 만찬'이란 음식을 찾을 수 있었다.

공교롭지만 이건 현재의 진백호에게 너무나도 필요하던 음식이었다.

거두절미하고 강서준은 이를 진백호에게 건넸다.

"이건……?"

"받아 둬요. 좋은 겁니다."

정령의 만찬은 정령을 다스리는 데에 큰 도움이 될 것이다. 구할 수 있다면 구해 주고 싶었던 목록 중 하나.

강서준은 아이템 목록을 쭉 둘러보더니 말했다.

"부족할 것 없이 식량을 챙겨 오긴 했지만 더 걱정할 것도 없었네요. 마침 수련에 도움이 될 만한 것들도 있으니 다들 이것 좀 가져가요."

참고로 차원 서고 내부에 있는 모든 아이템의 권한은 오직 관련 직업인 '도서관 사서'에 의해 움직인다.

즉 아이템 상자를 열고 닫는 건 오직 강서준만이 할 수 있는 일이었다.

문득 강서준은 고개를 들어 한쪽 계단을 올려다봤다. 오래된 나무로 만든 계단이었다.

'1층의 아이템이 고스란히 남았다면.'

계단 너머의 풍경이 아스라이 떠오른다. 2층은 분명 '차원 서고의 주인'에게만 주어지는 공간.

도서관 사서가 전직을 통해 '차원 서고의 주인'이 되어야만, 활용할 수 있는 특수 공간이었다.

그리고 그곳엔.

'내 아이템이 남아 있을지도.'

버리기엔 아깝고, 팔기엔 아쉬우며, 쓰기엔 모자란 놈들.

하지만 당장 강서준에게 있어 손안에 들어온다면 너무나도 잘 쓸 자신이 있는 것들이었다.

"의욕이 더 생기네."

강서준은 주먹을 불끈 쥐고 차원 서고의 한쪽에 있는 진열장으로 다가갔다.

"여러분들이 할 일은 어떻게든 이곳에서 얻을 수 있는 모든 정보를 수집하는 겁니다."

오래된 책 냄새와 함께 즐비하게 늘어선 책들은 각양각색의 분야가 뒤섞여 있다.

게임에선 구태여 관심조차 주질 않았던 서적들. 하지만 이제 보니 보물 창고가 따로 없다.

드림 사이드 1의 흔적이 고스란히 남은 것만 봐도 더더욱 확신할 수 있었다.

'여긴 서버가 종료되더라도 유지되는 별개의 공간.'

말하자면 '백도어'와 비슷하다.

괜히 도서관 사서가 헬 난이도 퀘스트에서만 얻을 수 있는 히든 직업은 아니라는 거겠지.

그렇다면 가능성은 충분하다.

찾을 수만 있다면 이곳엔 드림 사이드의 모든 정보들이 수록되어 있을 것이다.

"어떤 정보라도 좋습니다. 다가올 미래를 대비할 정보를 찾아내야 해요."

정규 업데이트에 대한 정보. 나아가 0116 채널에 대한 정보.

어쩌면 관리자…… 이 세계를 운영하는 시스템에 대한 정보도 기록됐는지 모른다.

'이곳에 없다면 아마 상층에.'

강서준은 계단을 재차 응시했다가 최하나와 눈을 마주치고 말았다. 그녀는 주먹을 불끈 쥐며 말했다.

"반드시 해낼게요."

"……네."

"그러니 서준 씨도 힘내요."

고개를 끄덕인 강서준은 쥐고 있는 책을 내려다봤다.

다른 일행이 이곳에서 여러 도서를 뒤적여 세계를 알아볼 동안, 그만이 해야 하는 일이 있었다.

사실 그게 가장 시급한 일이었다.

'전직, 그리고 스킬 강화.'

이른바 '성장'이다.

'봉인된 책'과 '봉인된 펜'을 지닌 '도서관 사서'는 전직에 대한 모든 조건을 충족시킨 셈이니까.

강서준은 이곳에서 한 달 이내에 전직은 물론, F급에 고정된 스킬들을 강화시킬 생각이었다.

'그전에 우선……'

〈태산 가르기〉

그가 봉인된 책에 등록한 스킬 중 하나를 골라, 그 내용을 완전히 익혀야만 한다.

그게 무슨 말이냐면.

"그럼 다녀오겠습니다."

일행에게 인사를 마친 강서준은 천천히 책을 펼쳤다. 빛과 함께 시야가 멀어지면서 의식이 그 속으로 침잠되고 있었다.


[전직 퀘스트가 발동했습니다.]

[당신은 최소 1개 이상의 스킬북을 '독파'해야 합니다.]

[당신은 스킬, '태산 가르기'를 선택했습니다.]

그것이 도서관 사서의 유일한 성장법이자, '차원 서고의 주인'이 되는 첫 번째 조건이었다.

꾸물꾸물

철그덕, 철그덕…….

강서준은 호흡을 정돈하며 천천히 눈을 떴다.

몇 번이나 세상을 건너뛴 경험 덕일까. 새삼스럽게도 갑자기 변화한 시야 정도는 금세 적응할 수 있었다.

그는 눈이 부신 하늘을 잠시 올려다봤다가 주변에서 들려오는 소음을 확인했다.

일단 상황부터 파악해 보자.

'냄새 한번 고약하군.'

코끝을 저미는 건 꽤 강렬한 쇠 냄새와 누군가의 땀 냄새였다. 강서준은 자신의 몸에 걸쳐진 게 묵직한 갑주라는 사실도 깨달았다.

'흐음…… 기사가 된 건가?'

스킬북 '태산 가르기'를 독파하려면 아무래도 기사가 되는 건 당연한 수순일 것이다.

이 스킬도 결국은 '검술'이니까.

"애송이들이 삐약삐약 대는구나!"

그때 노성이 터지면서 주변을 휘어잡는 마력이 느껴졌다.

한편 강서준은 그 흐름을 눈으로 볼 수 없었다. 그저 몸으로 느낀다는 것에 약간 신기할 뿐이다.

아무래도 그는 '다른 사람'이 되어 있었으니까.

'테마 던전과 같아.'

해서 호흡을 가다듬으며 일단 현재의 그가 '누군지' 확인하고자, 상태창을 열려고 했다.

기왕이면 달 던전에서 겪었던 '대장장이 씬'보다 잘난 녀석이길 바라면서.

하지만.

"다들 예를 갖추도록!"

커다란 울림과 함께 전면에 나서는 한 사내를 볼 수 있었다.

꽤나 낯익은 얼굴이었다.

그래. 이 스킬이라면 과연 나올 법도 하다.

'멜빈 황제.'

그는 스킬북 '태산 가르기'의 저자였으니까.

# 신임기사, 루디 돌포스

"지금부터 입단식을 시작한다!"

누군가의 호령에 맞추어 일사불란하게 움직이는 기사들.

강서준은 그 속에 섞여 눈치껏 주변 기사들의 움직임을 따라 했다. 다행히 시스템이 가이드라인을 제시해 줘서 어색할 건 없었다.

'알론 제국이라…….'

'태산 가르기'는 멜빈 황제의 스킬이었으니, 스킬북의 배경이 알론 제국일 줄은 알았다.

하지만 직접 체험했을 때의 감상은 상상과는 확연히 다른 법.

새삼스럽지만 깨닫는다.

'돌아왔구나. 드림 사이드로……'

말하자면 이곳은 아직 멸망하지 않은 '드림 사이드'였다.

강서준은 헛웃음을 지었다.

섭종으로 멸망했던 '알론 제국'에 들어갔던 걸로 모자라, 한창때의 제국을 직접 경험하게 될 줄이야.

'……쉽진 않겠지.'

이건 도서관 사서의 전직 퀘스트이자, 봉인된 책의 스킬을 강화하는 유일한 방법이었다.

그리고 여긴 S급 스킬북인 '태산 가르기'를 직접 익히기 위해 마련된 공간이었다.

'……괜히 S급일까.'

강서준은 멀리 모습을 드러낸 황제를 살펴봤다. 가만히 서 있는데도 패도적인 기세가 철철 흘러넘치고 있었다.

'S급 스킬을 강화하는 일은 쉬운 게 아니야. 아마 S급은 독파를 끝내더라도 등급이 올라가진 않을 거야.'

S급의 상위 스킬은 경우가 다르다. 부품 하나로 완성품을 만들 수 없듯, S급의 등급 업은 필연적으로 관련된 다른 스킬을 요구하니까.

즉 관련된 여러 개의 스킬을 독파해야만 비로소 S급 이상의 단계로 나아갈 수 있다.

'하지만 효율은 더 좋아질 거야.'

같은 S급이라도 어떻게 사용하느냐에 따라서 그 힘은 천차만별 달라진다.

'집중'을 더하면 '필사의 참격'이 생성됐던 것과 마찬가지로, 황제의 '무언가'가 '태산 가르기'를 강하게 만들어 주고 있을 것이다.

강서준은 그걸 배우러 왔다.

'그게 또 L급 스킬의 단초가 되겠지.'

강서준은 부동자세로 황제의 연설을 들으면서, 한쪽에 떠오른 로그 기록을 확인했다.

퀘스트가 도착해 있었다.

---

### 퀘스트 – 차원 서고의 주인

**분류** : 2차 전직
**난이도** : S
**조건** : 차원 서고의 주인이 되려면 그만한 자격을 증명해야 한다. 당신
　　　은 최소 1개 이상의 스킬북을 독파해야 한다.
**제한 시간** : 없음.
**보상** : ???
**실패 시** : 차원 서고에서의 방출

---

여기서 최소 한 개 이상의 스킬북을 독파해야 한다고 적혀 있지만, 실상은 모든 스킬을 독파해야 할 것이다.

전직 퀘스트는 연계 퀘스트로 이어지며, 결국 봉인된 책에 등록된 스킬을 전부 독파하기 전까지는 끝나지 않을 테니까.

'그래도 F급 스킬은 비교적 쉬울 거야.'

그의 손으로 만들어 낸 이기어검술이나 인 투 더 드림도 어렵지 않게 해낼 수 있을 것이다.

S급 스킬의 독파는 상당한 이해도를 요구할 테지만, F급 같은 하위 스킬은 작은 숙련도로도 독파가 가능할 테니까.

말하자면 열 권짜리 책을 전부 읽어 이해하는 것과, 한 권짜리 책을 이해하는 것의 차이다.

스킬의 등급이 낮을수록 독파해야 할 범위도 줄어든다.

'일단 내 능력부터 확인해 보자.'

무슨 말이 그리 많은지 여전히 긴 연설을 잇는 황제를 일별했다. 그래도 이런 시간이 있으니 상황을 이해하기엔 더욱 용이했다.

---

**상태창**

**이름** : 루디 돌포스 Lv. 302
**나이** : 26세
**직업** : 신임 기사단원
**스텟** : [근력 422], [민첩 376], [체력 402], [마력 310]
**고유 스킬** : [간파(S)], [제국검술(A)], [마력 집중(B)]······.
*플레이어 '강서준'의 데이터는 봉인되었습니다. 전직 퀘스트를 완료하십시오.

---

확실히 드워프 썬보다는 유려한 스텟이었다. 알론 제국의 신임 기사단원다웠다.

'무엇보다 간파가 마음에 드네.'

시스템의 배려였을까.

루디 돌포스가 가진 S급의 간파는 유용하게 써먹을 법했다. 어쩌면 스킬을 분석하는 데에 있어서는 류안보다는 나았으니까.

'그래도 긴장은 놓지 말자.'

강서준은 호흡을 가다듬으며 긴 연설을 슬슬 마무리하는 황제를 응시했다.

누가 뭐라 해도 이건 '헬 난이도 선택의 미로'에서 비롯된 '도서관 사서'의 전직 퀘스트였다.

퀘스트 등급도 무려 S급.

겉보기엔 떠먹여 주는 듯한 인상이었지만, 과연 이 퀘스트가 쉽다고 말할 수는 없을 것이다.

무엇보다 이 게임은 드림 사이드니까.

"일주일 후, 황실기사단에 적합한 인재를 뽑을 것이다. 영광을 누리고 싶다면 전심전력(全心全力)을 기울여야 할 것이야!"

[!]
[단서 '황실기사단'을 습득했습니다.]

그렇게 입단식은 끝나 가고 있었다.

잠시 적막에 가라앉은 차원 서고.

최하나는 강서준이 떠난 자리를 살피다 낮게 한숨을 내뱉었다.

잡념을 흘트렸다.

"우리도 할 일을 하죠."

"네."

최하나는 김훈과 함께 차원 서고를 쭉 둘러봤다. 꽤 넓은 범위의 책장이 그들을 기다리고 있었다.

한 달…… 짧지만 긴 시간이었다.

그나마 다행인 건, '이루리'가 그들 곁에 남았다는 점.

이루리가 은근슬쩍 말을 걸어왔다.

"그래서 진도는 어디까지 나갔어요?"

"……응?"

"다른 사람한테는 비밀로 해 줄 테니까. 저한테만 솔직히 말해 줘도 돼요. 적합자랑 진도는……."

무슨 말인지 이해하기까지 오래 걸리진 않았다. 최하나는 약간 달아오른 얼굴로 이루리를 잡아끌어 책장으로 다가갔다.

"자아 일하자, 일."

"아, 언니이……."

투정을 부리던 이루리는 최하나의 등쌀에 못 이겨 일단 가까이에 있는 책을 손에 집었다.

근데 금세 책장에 돌려놓는다.

"……왜 그래?"

이루리는 어깨를 으쓱이며 답했다.

"아무래도 귀찮아지겠는데요."

"응?"

"언니가 직접 확인해 봐요."

장난인 줄 알았는데 꽤 진지한 표정이었다. 최하나는 괜히 의심을 하면서도 이루리가 집었던 책을 만져 봤다.

바로 시스템 메시지가 나타났다.

['차원 서고'의 이용 자격이 부족합니다. '차원 서고의 주인'의 허락이 필요합니다.]

이 말은 즉, 당장 이용할 수 없다는 말과 같았다. 최하나는 이어진 메시지도 읽을 수 있었다.

[!]

[현재 '차원 서고의 주인'이 없습니다.]

[임의적으로 '차원 서고의 도서'를 대여할 권한을 획득할 기회가 주어집니다.]

미간이 구겨졌다.

차원 서고의 도서를 대여할 권한도 아니고, 대여할 권한을 획득할 기회란다.

무슨 얘긴지 자세히는 몰라도 이루리의 귀찮을 거라는 말에는 바로 공감할 수 있었다.

최하나는 한쪽 벽면의 빛이 일렁이면서 포탈이 열리는 걸 확인할 수 있었다.

[임시 회원증 발급 과정]

갑작스레 나타난 포탈을 앞에 두고 일행은 잠시 한데 모였다. 책장을 쭉 살피던 김훈도 같은 메시지를 확인했는지 바로 입을 열었다.

"아무래도 임시 회원증을 발급받아야 책의 내용을 확인할 수 있겠는데요."

"골치 아프네요."

"……네."

한편 최하나는 말로 표현하기 어려운 석연찮은 감정을 포탈 너머로부터 느낄 수 있었다. 그녀는 이런 감정이 들 때를 정확하게 이해하고 있었다.

아마도 이건 '위험하다'는 본능이다.

최하나는 호흡을 정돈하며 말했다.

"그래도 시도해 봐야겠죠."

뭐가 됐든 임시 등록증을 발급받아야만 책을 읽을 수 있다면, 해내는 것 말고는 방법이 없다.

김훈과 시선을 주고받은 최하나는 그녀를 바라보는 켈에게 말을 건넸다.

"진백호 씨를 부탁할게요."

"네, 걱정 말고 다녀오세요."

유난히 소심한 성격을 지닌 진백호였기 때문일까. 강서준이 말하지 않아도, 물가에 내놓은 아이처럼 불안했다.

하지만 켈이라면 믿을 만할 것이다.

현실에서 알고 지낸 지는 오래되진 않았지만, 게임에선 꽤나 많은 던전을 공략해 온 사이였다.

무엇보다 강서준의 아공간에 가까운 '차원 서고'라는 장소에서 별일이라도 있을까.

"그럼 김훈 씨?"

"……네!"

최하나는 호흡을 가다듬고 포탈로 발을 디뎠다. 여느 때와 같이 붕 뜨는 감각과 함께 그녀의 전신이 어딘가로 전송되고 있었다.

과연 '임시 등록증 발급 과정'이라 불리는 시련은 무엇일까.

[환영합니다. 플레이어 '최하나' 님.]

[당신은 차원 서고의 '임시 등록증 발급 과정'에 참여했습니다.]

[이곳은 '차원 서고의 이용 권한'을 획득하는 장소입니다.]

[당신은 이곳을 통과해야 합니다.]

[추가로, 당신의 노력 여하에 따라 임시 등록증의 사용 권한이 확장됩니다.]

숨을 깊게 들이마시자 두통이 일 정도로 지독한 냄새가 다가왔다. 정신을 가다듬고 주변을 둘러보니 보이는 건 새카만 석실이었다.

"······이거 데자뷔가 느껴지는데요."

"저도요."

다행히 같은 곳으로 이동됐는지, 김훈이 입술을 짓씹고 있었다. 또한 바로 떠오르는 메시지를 읽으며 한탄을 내뱉을 수밖에 없었다.

['안전지대'를 통과하세요. 하나의 안전지대를 통과할 때마다 대여할 수 있는 책은 1권씩 늘어납니다.]

안전지대······ 그리고 석실.

어딘가 낯익은 풍경과 익숙한 분위기였다. 최하나는 금세 이곳이 어딘지 특정할 수 있었다.

서서히 진해지는 독한 유황 냄새와 느껴지는 열기, 어쩌면 그녀의 생각보다 더한 곳이라는 걸 깨달을 수 있었다.

최하나가 말했다.

"……강서준 씨는 도서관 사서라는 직업을 헬 난이도 퀘스트에서 얻었다고 하셨죠?"

"지난번에 술자리에서 그리 들은 적이 있어요."

최하나의 말에 김훈도 현 상황을 이해한 걸까. 아연실색한 눈으로 최하나와 시선을 마주한다.

그리고 그들의 추측은 정확할 것이다.

"……달려요!"

['퀘스트 – 심폐 지구력 테스트'가 시작됩니다.]

[다가오는 용암을 피해 안전지대로 대피하십시오.]

부지불식간에 뒤편으로 쏟아지는 건 뜨거운 열기를 담은 마그마였다. 동시에 앞으로 내달린 김훈은 폐가 불타 버릴 것만 같은 열기에 괴로워했다.

"공간 이동이 써지질 않아요!"

"……그뿐이 아닐 겁니다. 모든 스킬이 잠겼어요!"

그나마 다행인 건 두 사람이 여태 쌓은 스텟은 무사하다는 것이다. 훌쩍 달려 마그마를 피한 그들은 정면의 안전지대를 응시했다.

하지만 진짜는 거기서부터였다.

['퀘스트 - 순발력'을 시작합니다.]
[모종의 공간에서 화살이 발사됩니다.]

최하나는 날아오는 화살을 낚아챌 수 있었다. 정확하게 미간을 노리고 쏘아진 화살이었다.

어디서 날아온 걸까.

알 수 없었다. 시스템에 의해 그저 생성되는 것이니 허공에서 발사돼도 이상하지 않았다.

최하나는 화살을 거칠게 바닥에 내동댕이치며 입술을 짓씹었다.

이젠 인정할 수밖에 없겠다.

"최하나 님…… 여기 아무래도."

"네. 헬 난이도 선택의 미로겠죠."

튜토리얼 과정에서 극악의 난이도를 자랑한다는 '헬 난이도 선택의 미로'는 용암부터 시작하여, 각종 테스트가 동시다발적으로 나타난다고 했다.

하드 난이도에선 그중 몇 개만이 겹칠 뿐인데, 헬 난이도는 시작부터 전부 겹쳐서 나타난다.

"방금 심폐 지구력에, 순발력이라고 했죠. 그럼 첫 번째 방에선 몇 개가 더 남은 거죠?"

"글쎄요. 근력이랑 근지구력……."

머지않아 눈앞의 길이 오르막길이 되고, 양팔과 양다리에 묵직한 모래주머니가 채워졌다.

확실히 무거워지고 길은 어려워졌지만, 대량의 스탯을 보유한 그들에겐 어려울 건 없었다.

종종 바닥에 터지는 지뢰도 회피하며, 그들은 빠르게 오르막길을 가로질렀다.

안전지대는 코앞이었다.

"후우……."

길게 한숨을 토해 내는 사이 몸에 묻은 피로가 약간 사라졌다. 아쉽게도 퀘스트를 성공했다는 의미로 큰 보상이 주어지진 않았다.

그저 하나였다.


['임시 등록증'을 발급받았습니다.]

[당신은 1권의 책을 대여할 수 있습니다.]


걱정보다 어렵지 않게 '대여 권한'을 얻어 냈다. 김훈은 옆에 생겨난 두 개의 포탈을 확인할 수 있었다.

그가 말했다.

"……이걸 강서준 씨는 초창기에 클리어했다는 겁니까?"

헬 난이도 선택의 미로.

아무나 통과할 수 없다고 알려진 극악의 난이도의 퀘스트라니…… 최하나는 직접 체험함으로써 더욱 기함을 토할 수밖에 없었다.

게임에서 겪었을 때보다 더욱 미친 난이도였다.

'강서준 씨에겐 스텟도 없었을 텐데.'

그는 맨몸으로 종전의 테스트를 통과했다는 게 아닌가.

아니, 그뿐이 아니다.

"강서준 씨는 저런 곳에서 세 달을 생존한 겁니다. 그것도 혼자서……."

새삼스럽게도 강서준에 대한 감탄이 흘러나왔다. 그리고 최하나는 두 개의 포탈 중 다음 테스트를 진행하는 방향을 바라봤다.

아직 차원 서고로 돌아갈 생각은 없었다. 1권은 턱없이 부족할 테니까.

"갈 수 있는 곳까지 가 보죠."

"……네."

그들은 대여 권한을 늘리기 위해 '헬 난이도 선택의 미로'에 다시 진입하기로 했다.

⊰⊱

입단식이 끝나자, 강서준은 동기생이 된 기사들을 따라 배정된 기숙사로 들어갈 수 있었다.

일렬로 늘어진 목제 침상.

가는 길목마다 상급 기사들이 괜히 윽박을 질러 대니, 괜한 PTSD로 인해 미간이 찌푸려졌다.

하기야 판타지 세계관에서도 '기사단'이다. 현대에서 비교할 만한 단체는 단 하나였다.

'30살에 재입대라니…….'

물론 한국에서의 군 입대와는 큰 차이가 있다.

알론 제국에서의 기사란 평민이 귀족이 될 수 있는 유일한 등용문. 어딜 가더라도 성공했다고 자랑할 수 있는 특별한 직업이었다.

꽤나 앞날이 밝은 직종일 것이다.

그래서 다들 상급 기사가 겁을 주더라도 앓는 소리 하나 내질 않았고, 오히려 잔소리를 즐기는 놈마저 있을 정도다.

아무렴 여기까지 도달하기 위해 수백 대 일의 경쟁률을 뚫고 왔을 테니까.

'……그게 나랑 무슨 상관이냐고.'

완전한 외부인인 강서준만이 괴로울 뿐이다. 빨리 스킬북을 독파해 내는 것 말고는 방법이 없다.

'그러려면 황실기사단에 입단하는 게 최선이겠지.'

불행 중 다행인 건, 이곳에선 일과 시간 이외엔 적당한 자유가 보장된다는 것이다.

강서준은 그 시간을 철저히 이용하기로 했다.

"후우……."

낮게 호흡을 내뱉고, 쥐고 있는 검의 끝을 뚫어져라 노려봤다. 거짓말같이 눈앞으로 영상이 재생되더니 그에게 움직여야 할 방향을 알려 줬다.

A급의 제국검술.

강서준은 기사 '루디'의 잔상을 따라서 몸을 움직였다. 시스템의 가이드라인이 검술에 문외한인 강서준을 향해 방향을 설정해 준 것이다.

참 친절한 시스템이 아닐 수 없다.

'물론 가이드라인을 실제로 따라 하는 건 별개의 문제겠지만…….'

가이드라인이 제공된다고 그걸 단번에 따라 한다는 건 무리였다. '재앙의 유성'에서 나도석은 끝내 마법을 쓰질 못한 것과 같다.

막말로 어느 날 갑자기 생판 모르는 기술을 알려 줄 테니, 그걸 따라 하라고 한들 그대로 실행할 수 있는 사람이 있을까.

누구든 연습은 필요한 법이다.

'적어도 가이드라인을 보지 않고도 검술을 활용할 줄은 알아야겠지.'

제국검술은 알론 제국의 기사라면 누구나 익히는 표준에

해당하는 검술이다.

단연 멜빈 황제도 익혔을 것이다.

어쩌면 '태산 가르기'는 '제국검술'에서 파생되어, 황제만의 경험을 녹여 만든 기술일지도 모르는 것이다.

즉, 근간이 되는 검술이라면…….

'익혀서 나쁠 게 없다.'

게다가 황실기사단의 입단 테스트가 일주일 남았고, 강서준은 그곳으로 들어갈 생각이었다.

'스킬북을 독파하려면 저자인 황제에게 접근하는 게 가장 좋으니까.'

근데 입단 테스트를 보는 기사가 표준이라는 '제국검술'을 제대로 다룰 줄 모른다면?

의심을 사기 쉬운 행동이다.

신뢰를 쌓아서 황제의 곁을 차지해야 하는 입장에선 마이너스로 작용할 것이다.

'일주일 안에 마스터한다.'

무엇보다 해내지 못할 거란 생각은 들지 않았다. 그가 변신한 루디 돌포스는 남들에게 없는 특별한 스킬이 있었으니까.

[스킬, '간파(S)'을 발동합니다.]

가이드라인의 영상이 더욱 세세하게 보이기 시작했다. 단순히 스킬을 보는 게 아니라 왜 그렇게 움직였는지도 그 옆으로 설명되고 있었다.

보는 것만으로도 그 저변의 이유마저 파악해 내는 S급 간파의 힘.

이 힘이면 충분히 해낼 것이다.

[스킬, '제국검술(A)'을 발동합니다.]


임시 스승인 루디의 검형을 따라서 이리저리 신명 나게 칼춤을 췄다.

역시 기사의 몸이다.

생각하는 대로 움직여 주니, 검술을 체험하는 데엔 모자람이 없었다. 남은 건 그저 머리에 때려 박아 외우는 것뿐이다.

아쉬운 건 시간이다.

"……일주일 정도 안 자도 안 죽겠지?"

특훈의 시작이었다.


❈


문제는 이튿날 발생했다.

"임무는 알페온 하수처리장에 발생한 악취의 근원을 처치하는 것이다. 각 조별로 일정 구역을 탐사하고, 수상한 점이 있으면 빠짐없이 보고하도록."

신임기사인 루디를 비롯한 동기생에게 주어진 첫 임무.

하수처리장을 탐색할 뿐인 별 볼일 없는 미션에 다들 아쉬
움을 토로하는 눈치였지만, 강서준만은 그 내용을 다르게 받
아들이고 있었다.

그도 그럴 게.

'알페온이라고⋯⋯?'

강서준은 그곳을 알고 있었다.

어찌 잊을까.

도시 '알페온'은 그곳에 발생한 하나의 던전에 의해 고작
한나절 만에 몰락한 도시인데.

'알페온의 저주'라고 하던가⋯⋯.

관련 퀘스트를 수행하느라 폐허가 된 알페온 지역에도 여
러 번 들락거렸던 덕에 기억하고 있었다.

'⋯⋯근데 갑자기 여길 왜?'

황실기사단에 입단하여 관련 스킬을 습득하는 게, 이번 퀘
스트의 목적이 아니었나?

의문을 해소할 틈도 없이 강서준은 명령에 따라 움직여야
했다.

"B조는 나를 따라오도록."

신임기사단은 반나절을 걸어 알페온 하수처리장에 다다랐
다.

녹슨 철문 너머로 지독한 악취와 함께 불빛 한 점 보이질 않는 어두운 하수처리장이 있었다.

횃불을 집어 든 기사들은 하나둘 하수처리장으로 진입했고, 그중 B조에 속한 강서준은 한껏 의지를 불태우는 선임기사의 뒤를 따라야 했다.

그는 본인을 '에일'이라 소개했다.

"애송이들. 정신 똑바로 차리고 들어라. 하수처리장 임무라고 다들 대충인 모양인데, 큰 착각이야."

선임기사 에일.

본인 말로는 귀족 출신이라 했지만, 행색만 봐서는 '몰락귀족'이나 다름없었다.

뭐 그건 중요한 게 아니다.

강서준은 선임기사 에일의 뒤를 따르며 낮게 한숨을 내뱉었다. 묘하게 그와 닮은 사람이 떠올랐다.

'……이상하게 장기용이 생각나네.'

에일은 말이 많았다.

물어보지 않아도 그의 사연부터 시작하여 살아온 이야기, 그의 TMI 폭격은 끝없이 이어졌다.

그가 선임기사여서 말을 끊을 수도 없는 게 문제라면 문제였다.

"이런 자잘한 임무가 쌓여야 대성하는 것이다. 자고로 기사란 주어진 임무를 가려선 안 되는 일이지. 내가 신임기사였을 때다. 그때는 말이지. 이런 일을 감사히 받았어. 나 때는……."

그렇게 한참을 TMI를 늘어놓던 에일이 발을 멈춘 건, 하수처리장으로 진입하고 약 30분이 지난 후였다.

그는 앞으로 나서며 말했다.

"그린 슬라임이군. 다들 주옥같은 강의를 들어서 알겠지만 이놈은 자칫 잘못 공격하면 분열하는 특징이 있다. 일격에 핵을 찌르는 게 중요하지."

에일은 수려한 검술을 뽐내며 그린 슬라임을 일격에 양단했다. 핵까지 갈랐는지 몬스터는 그대로 소멸했다.

그래도 선임기사라는 걸까.

장기용처럼 말만 많은 게 아니라, 실력도 꽤 출중한 편이다. 말끔하게 그린 슬라임 무리를 처치한 에일은 신임기사들에게 한껏 거드름을 피웠다.

"이 에일 님과 함께라는 사실이 감격스럽겠지. 하나 긴장을 놓진 말아라. 임무는 이제 시작이니!"

하지만 그렇게 말한 사람치고는 이후의 행동은 대단히 설렁설렁 대충 이어지기 시작했다.

아마 '그린 슬라임'을 목격했기 때문일 것이다.

그린 슬라임의 레벨은 고작 200을 넘긴 정도에 불과한 저급의 몬스터.

최소 300레벨을 넘어서야 입단할 수 있는 알론 제국의 기사단에 비해선 그 수준이 압도적으로 떨어지는 것이다.

긴장을 할 수조차 없는 환경이었다.

물론 강서준은 눈을 날카롭게 떴다.

'역시…… 이곳이 발생지였나.'

강서준은 하수처리장의 벽면에 붙은 이물질, 바닥에 흐르는 하수와 섞인 것들…… 갖가지 정보를 규합해서 더더욱 확신할 수 있었다.

'여긴 위험해.'

살짝 흘겨본 에일의 레벨은 대략 300 중반으로 보였다. 모르긴 몰라도 신임기사보다는 강할 것이다.

하지만 '알페온의 저주'를 견뎌 낼 수준이냐고 묻는다면, 솔직히 장담할 수 없었다.

언뜻 보이는 깊고 어두운 터널은 사실 맹수의 아가리와 같다.

이대로면 전멸을 면치 못할 것이다.

하지만 그에겐 기사들의 발걸음을 멈출 권한 따위는 없었다.

"저, 에일 님. 드릴 말씀이…….”

"건방지게 더러운 종자가 위아래도 모르고 말을 거는 것이냐?"

"……아닙니다.”

에일은 상당히 신분을 따지는 귀찮은 성정의 인물이었고.

결국 그의 의견은 섣불리 묵살되면서, 하수처리장으로의 진입은 긴장감 없이 이어지게 된 것이다.

그리고 문제는 일시에 터졌다.

"……어어?"

누군가의 의문과 함께 바닥이 크게 흔들렸다. 천장에서 돌가루가 떨어지고, 옆으로 잔잔하게 흐르던 하수가 갑자기 요동쳤다.

에일이 바로 외쳤다.

"단순한 지진이다! 마력을 하체에 집중하고 버티도록! 낙하하는 돌을 조심해라!"

아마 훌륭한 대처였을 것이다.

말 많고, 신분을 따지는 귀찮은 성격, 여러모로 피곤한 타입이라도 선임기사로의 재능은 있었으니까.

하지만 이건 일개 인간이 어찌할 수 없는 재난과도 같은 문제였다.

강서준은 멀리 어둠 너머로부터 다가오는 진한 마력의 향을 느끼며 호흡을 가다듬었다.

'올 게 오는구나.'

알페온의 저주.

한 도시를 어둠 속으로 파묻어 버린 전대미문의 사건.

이른바 '블랙아웃'이 다가오고 있었다.

세상이 어둠에 먹힌다면 어떤 기분일까. 모르긴 몰라도 답답하고 당황스러울 것이다.

블랙아웃.

강서준이 이 현상을 게임으로 겪었을 때도 상당히 당황했던 기억이 난다.

'한 치 앞도 안 보였으니까.'

모니터엔 빛이 들어왔지만 보이는 건 아무것도 없었다. 소리만이 캐릭터의 생존 유무를 알릴 뿐이었다.

츠츠츳……!

한데 게임으로 겪었을 때보다 직접 체험하는 블랙아웃은 훨씬 암담한 느낌을 주고 있었다.

시각이 완전히 까맣게 물든 건 기본.

청각과 후각, 촉각마저 마비됐다.

'서 있는지 앉아 있는 걷는지…… 살아 있는지조차 애매하군.'

이 현상이 '블랙아웃'에서 비롯됐다는 걸 알고 있더라도, 그 기이한 감각은 어색하기 짝이 없다.

과연 아무것도 모르는 기사들은 이 상황을 어찌 받아들이고 있을까.

"후우……."

분명 숨을 내뱉는다는 생각은 들었지만, 어떠한 느낌이나 소리도 들리지 않았다.

그 괴리감은 상당히 불쾌했다.

'얼른 빠져나가야겠어.'

다행히 그는 블랙아웃을 벗어날 방법 정도는 알고 있다. 비록 게임에서 겪은 일이지만 같은 종류니, 풀이 방법도 같을 것이다.

'아이템을 찾아야 해.'

그 뒤로 강서준은 어둠 속을 계속 헤맸다. 사방을 더듬으며 오직 단 하나를 찾고자 했다.

손끝의 감각도 없으면서 계속 허공을 휘저었고, 무언가를 찾아 헤매기만 했다.

불현듯 소리가 들려온 건 그때였다.

－영원히 찾질 못하면 어쩌지?

나중에 관련 NPC들에게 들어서 안 얘기였지만, 블랙아웃에 당한 이들 중 대다수는 '자살'을 선택했다.

아무것도 느껴지지 않는 어둠.

허공을 무한으로 걷는 기분.

계속해서 찾아오는 의문은 굳센 의지를 가진 기사조차 견뎌 내기 어려운 시련이었다.

아마 게임을 플레이할 뿐인 과거의 강서준은 결코 느낄 수 없는 감정이었다.

-정말 끝은 있는 걸까?

숱한 의문은 계속해서 떠올랐다.

아이러니하지만 그 의문은 강서준의 뇌리에 은연중에 박혀 있던 한 질문도 같이 떠오르게 만들었다.

저도 모르게 했던 생각이었다.

-114번이나 실패한 공략이야. 과연 내가 성공해 낼 수 있을까?

드림 사이드가 운영된 건 정확하게 114번이다. 그중 강서준만 한 플레이어가 단 한 명도 없었을까.

어차피 멸망이 결론인 세계가 아닐까.

배드 엔딩만이 존재하는 게임이라면?

"……닥쳐."

강서준은 떠오르는 생각을 짓씹어 버리고 더욱 강렬하게 손을 휘저었다. 그럴 때마다 의문은 계속해서 그를 찔러 왔다.

-영원히…… 끝나지 않을지도 몰라.

-포기하면 편해.

-네까짓 게 뭘 할 수 있다고?

-쥐뿔도 없는 주제에.

절망적인 감정이 블랙아웃에 섞여 강서준의 정신을 뒤흔들었다.

근데 웃긴 건, 그 말을 들을 때마다 그의 정신은 더더욱 견고하고, 단단해질 뿐이라는 점이다.

'영원히 끝나지 않을지도 모르지.'

'포기하면 편할지도 모르지.'

'나 따위가 할 건 없을지도 모르지.'

'……쥐뿔도 없으니까.'

어떤 의문이 찾아와도 포기하지 않을 것이다.

블랙아웃이든, 114번이나 실패한 게임이든, 멸망을 앞둔 세계든…….

N무 인생을 살아온 강서준에겐 모두 똑같이 어려울 뿐이다.

해서 그가 떠올릴 답은 하나였다.

'아직 공략법을 찾지 못한 거야.'

그러니 이딴 어둠은 아무것도 아니다.

# 알페온의 지하수로

의외로 상황은 금세 반전됐다.

'벗어난 건가?'

한 도시를 멸망으로 몰아넣은 '블랙아웃'이었지만, 강서준은 차츰 새카만 어둠이 밀려나며 감각이 돌아온다는 걸 깨달았다.

가장 먼저 느껴진 건 서늘한 공기.

정상으로 돌아온 시야는 여전히 어두웠지만, 점차 건물의 윤곽이 보이고 있었다.

다행히 위기는 넘긴 것이다.

[당신은 자력으로 '블랙아웃'을 이겨 냈습니다.]

[믿기지 않는 업적입니다!]
[칭호, '어둠에 먹히지 않는 자'를 습득했습니다.]
['블랙아웃'에 면역을 가집니다.]


그렇게 빠져나온 곳은 코끝을 저미는 썩은 내와 어디선가 아스라이 비명이 들려오고 있었다.

강서준은 주변을 응시하며 저도 모르게 몸을 떨었다. 어둠이 무서워서 그런 게 아니다.


[A급 던전 '알페온의 지하 수로'에 입장했습니다.]


알페온 지역에 생성된 A급 던전.

그리고 블랙아웃.

훗날 '알페온의 저주'라 불리며, 플레이어에게도 다량의 퀘스트를 발생시킨 원인이었다.

'최소 레벨만 300인 곳…….'

이 던전을 공략할 때의 그는 이미 400은 넘겼을 때였던 게 기억이 난다. 그걸 고려한다면 현재 그가 얼마나 위험한 상황에 놓였는지 알 수 있었다.

'루디의 스텟은 준수하고 스킬도 전투 계열로 쓸 만하지만…… 아무래도 무리겠지.'

이 던전의 하급 몬스터라면 어떻게든 비벼 볼 것이다.

하지만 그조차 숫자가 늘어난다면 숨도 못 쉬고 당할 게 자명한 사실.

그보다 고렙의 몬스터를 만난다면?

강서준은 상상도 하기 싫은 일에 몸서리를 쳤다.

'출구부터 찾아야겠군.'

불행 중 다행인 건 '지하 수로'는 진입과 동시에 출구가 막히는 특수 던전은 아니라는 점이다.

입구만 안다면 언제든 나갈 수 있다.

문제는 '블랙아웃'에 집어삼켜진 탓에, 무작위로 던전 내부에 이동됐다는 건데…….

"일단…… 움직이자."

그가 선 곳이 '안전지대'라는 보장도 없다. 설령 안전지대일지라도 기약 없는 구출을 기다릴 수도 없다.

적어도 현시점에서 이 제국엔 A급 던전을 공략할 만한 수준의 NPC는 극소수에 불과하니까.

'결국 살아남으려면…….'

자력으로 여길 벗어나는 수밖에 없다.

❈

그래도 최악은 아닐 것이다.

'레벨은 낮아도 정보는 많아.'

한때 '알페온의 저주'를 해소하기 위해, 무던히도 지하 수로를 드나들던 경험이 있다.

맵을 기억하진 못해도 몬스터의 특징 정도는 빠짐없이 기억한다.

공격 패턴부터 놈들의 습성······.

대략 이 던전에 발생한 몬스터들은 그의 머릿속에 총망라되어 있었다.

'블랙 슬라임. 300에서 310레벨.'

아마 이놈은 루디의 전투력으로도 충분히 사냥할 수 있다.

하지만 눈앞으로 단 한 마리의 블랙 슬라임이 지나가더라도, 절대 건드리는 일은 없었다.

'진짜는 따로 있으니까.'

그렇게 숨을 참고 얼마나 기다렸을까.

블랙 슬라임이 지나간 자리로 허름한 포대기를 걸친 망령이 나타났다. 녀석의 손엔 수십의 블랙 슬라임이 쇠사슬로 연결되어 있었다.

예상대로였다.

'······역시.'

데스 이터.

죽음을 먹는 자라는 단순한 이름을 가진 이놈의 큰 특징은 '블랙 슬라임'을 사역마로 데리고 다닌다는 점이다.

즉, 지하 수로에서 블랙 슬라임이 나타난 곳엔 멀지 않은 위치에 데스 이터도 함께한다는 뜻.

섣불리 공격해선 안 될 것이다.

하지만 세상일이 어디 뜻대로 될까.


[서브 퀘스트를 발견했습니다.]


최대한 기척을 줄여 가며 움직였음에도 불가항력으로 퀘스트가 그를 위기로 안내하고 있었다.


[서브 퀘스트 'B조의 운명'을 발견했습니다.]
[수행하시겠습니까?]


수행하나마나 강서준은 꺾인 통로 너머로부터 들려오는 소음을 먼저 깨달았다. 누군가가 블랙 슬라임을 상대로 전투를 벌이고 있었다.

"흐아압! 죽어라아앗!"

고요한 던전에서 나 잡아먹어 줍쇼, 하고 크게 광고하며 전투를 벌이는 익숙한 외형의 남자.

선임기사 '에일'이었다.

"이 더러운 종자들아!"

거친 욕설을 퍼부으며 그는 블랙 슬라임의 몸을 양단했다.

역시 레벨은 참 높다.

손쉽게 죽어 버린 블랙 슬라임은 바닥에 재료 아이템인 '블랙 슬라임의 점액질' 정도를 남기고 소멸했다.

그나저나 방금 '더러운 종자'랬지?

'이놈은 평민과 몬스터를 같은 선상에 놓고 있네.'

녀석은 강서준을 두고 버젓이 '더러운 종자'라는 단어를 언급한 적이 있다.

평소 인격이 여실이 드러나는 장면이었다. 과연 저런 놈과 합류할 필요가 있을까?

괜히 관여하고 싶지 않은 마음이 저도 모르게 생겨난다.

'무엇보다 짐이 될 확률이 커.'

정체를 알 수 없는 던전에서 큰 소음을 낸다는 건, 그만큼 녀석의 던전 경험이 부족하다는 걸 증명한다.

이놈은 레벨만 높은 쓸모없는 NPC.

아마 활약은 저게 전부일 것이다.

'진짜 사람도 아니고.'

여긴 '스킬북'으로 재구성된 세계였다.

보이는 모든 것들은 이미 지나간 과거에 불과하며, 선임기사 에일도 사실 '실존하지 않는 인물'일 것이다.

진즉에 죽었거나 섭종으로 인해 소멸했다.

"……그럼에도 구해야겠지."

강서준은 한숨을 내뱉으면서 새로 나타난 메시지를 주목했다.

반강제적으로 그에게 부여되는 명령이 그곳에 있었다.


[새로운 퀘스트를 발견했습니다.]

**퀘스트 - B조의 운명**

**분류** : 서브
**난이도** : A
**조건** : 당신은 B조의 조장인 선임기사 '에일'을 만났습니다. 그를 도와
　　　던전을 탈출하십시오.
**제한시간** : ?
**보상** : 선임기사 '에일'의 호감
**실패 시** : 전직 퀘스트의 난이도 상승


……빌어먹을.

보상 따위는 중요하지도 않지만, 실패하면 전직 퀘스트의 난이도가 상승한다는 게 거슬린다.

모르긴 몰라도 선임기사 에일이 향후 전직 퀘스트에서 어떤 주요한 역할을 하는 NPC라는 방증. 여기서 그는 죽어선 안 될 인물이었다.

강서준은 빠르게 결론을 내렸다.

"이유는 모르겠지만……."

검을 빼어 든 그가 블랙 슬라임의 배후를 점하고 횡으로 크게 베었다.

물컹한 감각이 손끝을 타고 느껴졌다.

유효타였다.

키에에엑!

"너는 분명……."

놀란 눈을 뜬 에일이 강서준을 흘겨봤지만 서로 재회의 인사를 나눌 여유는 없었다.

블랙 슬라임이 있다는 건.

기이익……!

놈을 부리는 '데스 이터'도 가까이에 있다는 말과 같았으니까.

"뒤로 물러나요!"

밀려오는 강렬한 기운에 두 사람은 빠르게 멀어질 수 있었다.

쿠우웅!

큰 울림을 내며 어둠 속에서 형형한 안광을 흘리는 데스 이터.

놈의 손짓에 의해 붉은 연기 같은 것들이 놈의 입속으로 빨려 들어갔다.

크아아악!

성난 울음을 토해 내는 데스 이터는 '죽음을 먹는 자'라는 그 이름답게 붉은 연기를 마시자마자 더욱 강렬한 기세를 쏟아 냈다.

'정말 귀찮은 특징이야.'

종전의 붉은 연기는 '영안'으로 보지 않아도 무언지 알 수 있었다. 아마 블랙 슬라임의 영혼이겠지.

그리고 데스 이터는 소환수인 블랙 슬라임이 죽을 때마다 그 영혼을 먹으면서 더 강해지는 몬스터.

'그래서 데스 이터를 사냥할 때는 블랙 슬라임을 가능한 한 죽이면 안 되는 건데…….'

문제는 쓸데없이 레벨이 높은 선임기사 에일께서 진즉에 소환수인 블랙 슬라임을 학살한 뒤라는 것이다.

에일은 호흡을 가다듬더니 말했다.

"……신입. 뒤로 오거라. 비록 미천해도 목숨은 살려 주마."

퍽이나 용감한 대사를 하고 있다.

하지만 속내와 다르게 미간을 구긴 강서준은 순순히 에일의 뒤편에 섰다.

아무렴 레벨이 더 높은 강자였다.

이미 마주해 버린 데스 이터를 상대로 싸우려면, 에일의 힘은 반드시 필요했다.

"아버지에게 들은 적이 있다. 죽음을 먹는 몬스터. 저놈은 소환수를 데리고 다니며……."

스거어억!

느닷없이 TMI를 늘어놓던 에일을 향해 마법이 날아왔다. 그는 창졸간에 공격을 피해 옆으로 뛰었다.

강서준도 '간파'를 통해 이미 그 징조 정도는 깨닫고 있어 피하는 건 어렵지 않았다.

"……놈의 약점은 저 지팡이야!"

이 또한 알고 있었다.

데스 이터는 이른바 유령 계열의 몬스터. 그것도 지팡이에 오랫동안 고인 지박령이다.

즉, 놈의 본체는 포대기를 덮어쓴 망령이 아니라, 놈이 쥐고 있는 고목의 지팡이다.

"흐아아압!"

두말하기도 귀찮을 정도로 여전히 큰 소음을 내며, 에일은 데스 이터의 측면으로 접어들었다.

마력을 방출하여 검에 두른 걸까.

그의 검극은 긴 꼬리를 만들며 혜성처럼 빠르게 데스 이터의 지팡이로 다가갔다.

하지만.

'몬스터가 약점을 고스란히 드러내는 데엔 그만한 이유가 있기 마련이라고……!'

비명처럼 생각을 삼킨 강서준은 데스 이터의 지팡이를 가격한 것과 동시에, 어둠에 휩싸인 에일을 볼 수 있었다.

블랙아웃의 2단계 형태.

'데스아웃'이 현현해 있었다.

'설명으로는 죽음을 느낀다는 거였는데…… 흐음.'

게임에서 저 공격에 당할 즈음엔 그저 HP와 MP가 동시에 감소하는 것에 불과했다.

귀찮은 디버프 성능을 가진 공격.

하지만 별거 아닐 거라 생각했던 블랙아웃의 위용을 직접 경험한 그였다. 데스아웃이 얼마나 위험할지 누구보다 잘 알고 있었다.

죽음을 느낀다는 건 끔찍한 정신적 학대일 것이다.

'일단…….'

강서준은 거두절미하고 자세를 잡고 제국검술을 발동했다. 유려한 궤도로 휜 검극은 정확하게 데스 이터의 지팡이를 가격했다.

키아아아악!

한 번의 데스 아웃을 방출한 지팡이가 연달아 같은 연기를 뿜을 수는 없다.

결국 에일이 희생하며 만들어 준 기회는 허투루 날아가지 않았다.

강서준의 공격은 유효타로 들어갔고, 데스 이터의 외형이 한층 작아졌으니까.

키아아악!

문제는 역시 강서준의 공격력으로는 블랙 슬라임을 흡수해서 강화한 '데스 이터'에게 씨알도 박을 수 없다는 것이다.

"흐아아압!"

그때 큰 기합과 함께 지팡이를 가격하는 검이 보였다.

참았던 분노를 토해 내듯 커다란 마력이 폭격기처럼 지팡이를 두드렸다.

강서준은 눈을 빛냈다.

'데스아웃을 이렇게 빨리 벗어났다고?'

미간을 좁힌 그의 시선이 노도와 같은 기세로 검술을 이어 나가는 에일에게 고정됐다.

전직 퀘스트에서 어떤 주요한 인물로 적용되는 줄은 알았는데, 이건 예상 밖의 이야기였다.

'그러고 보면 당장 멀쩡하다는 걸 보면 에일도 블랙아웃을 벗어났다는 거잖아.'

빠르게 움직이며 데스 이터를 공략하는 에일을 보며, 문득 그의 목걸이를 볼 수 있었다.

강서준은 바로 납득했다.

'과연 그렇게 된 거였나.'

강서준은 쓰게 웃으며 생각을 털어 냈다. 그리고 비명을 지르며 괴로워하는 데스 이터를 확인했다.

어쨌든 그가 해야 할 일은 하나였다.

'데스 이터를 제거한다.'

한차례 데스아웃을 뿜어낸 뒤였다. 매서운 공격으로 에일의 어그로도 이어지는 와중이었다.

절호의 찬스를 놓칠 수야 없지.

강서준은 창졸간의 틈을 비집고 지팡이에 재차 검을 찔러 넣었다.

그어어억……!

하지만 방심했을까.

녀석은 에일의 검을 튕겨 내고 강서준을 향해 지팡이를 겨눴다.

그곳에서 터져 나온 건 검은 연기!

['데스아웃'에 적중당했습니다.]

['죽음'을 경험합니다.]

순식간에 복부로 검이 길게 파고드는 감각이 일었다.

실제로 찔린 건 아니었지만 찔릴 때의 감촉과, 들려오는 소음은 진짜처럼 생생했다.

이건 '죽음의 기억'이었다.

'……지독하군.'

블랙 슬라임의 기억인지, 혹은 정말 누군가가 복부를 관통당해 사망당한 기억인지는 모른다.

생생한 감각에 미간이 찌푸려졌다.

하지만 의식을 놓는 일은 없었다.

'한두 번 죽어 본 줄 알아?'

죽음을 딛고 빠르게 휘두른 검이 지팡이의 중심을 잘라 냈다.

기괴한 울음을 토해 내는 데스 이터!

때를 놓치질 않고 에일의 공격이 연달아 이어지니, 결국 데스 이터도 버틸 재간은 없었다.

"후욱, 후욱…… 죽는 줄 알았."

하지만 에일의 말이 채 끝나기도 전.

키익?

지하 수로의 한쪽에서 낮은 울음이 들려왔다.

붉게 일렁이는 눈동자.

여러 개의 빛나는 것들이 천천히 이곳으로 다가오고 있었다.

"……후우"

쉴 틈은 없을 것이다.

강서준은 호흡을 가다듬고 다시 자세를 잡았다. 그리고 눈을 동그랗게 뜬 에일을 향해 말했다.

"정신 바짝 붙들어요."

모두 예상한 일이다.

알페온의 저주…….

사실 이 근방에 나타나는 몬스터는 유기적으로 연결되어 있으니까.

그게 무슨 말이냐면.

'지팡이도, 블랙 슬라임도, 전부 지하 수로로부터 비롯된

것에 불과하니까.'

알페온의 지하 수로는 '던전'이자 그 자체로 '몬스터'인 저주받은 던전이니까.

⬥

스거어억!

강서준은 블랙 슬라임의 몸을 베어 내면서 겨우 호흡을 정돈했다. 마찬가지로 옆에서 한창 칼춤을 추던 에일이 말했다.

"젠장…… 끝도 없네."

"어떻게든 여길 벗어나야 해요."

"그걸 누가 몰라?"

쿠우우웅!

하지만 끝도 없이 밀려오는 몬스터를 보고 마땅한 묘책이 떠오르진 않았다.

사실 묘책이란 건 또 없을 것이다.

'이래서 싸우면 안 되는 거였는데.'

모든 것이 유기적으로 연결된 던전이었다. 1층에서 어그로가 끌리면 던전은 결코 출구로 그들을 안내하진 않는 법이다.

그게 이 던전의 특징이니까.

그렇게 힘겨운 전투를 이으며 달리기를 반복한 지는 얼마나 됐을까. 강서준은 가까운 곳에서 들려오는 물소리를 확인했다.

"……저기예요!"

"뭐?"

"잔말 말고 따라오세요!"

강서준은 블랙 슬라임을 빠르게 쳐 내며 소리가 들려오는 방향으로 달려갔다.

에일도 어쩔 수 없이 그 뒤를 쫓았고, 머지않아 그들은 원형으로 이루어진 수직갱도를 발견할 수 있었다.

지하 수로의 물이 떨어지고 있었다.

"미친…… 막다른 길이잖아?"

"뛰어요!"

뒤쪽으로 그들을 쫓아 추격해 오는 몬스터 무리는 걷잡을 수 없이 늘어난 상태였다.

다시 돌아갈 수도 없는 외길.

그러니 당황하는 에일을 뒤로하고 거침없이 수직갱도로 몸을 내던지는 것 말고는 방법이 없을 것이다.

"미친…… 야!"

결국 그 뒤를 쫓아 위쪽에서 에일이 비명을 지르며 뛰어내리는 소리도 들려왔다.

['알페온의 수직갱도'를 발견했습니다.]

['8층' 아래로 떨어집니다.]


그렇게 던전의 중심으로 더 나아갔다.

❖


알페온의 지하 수로.

A급 던전으로 유명한 이곳은 훗날 플레이어에겐 '알페온의 저주'란 이름으로 퀘스트가 발주되는 원인이었다.

이곳의 특징은 오직 하나.

'던전 자체가 몬스터라는 것.'

해서 이 근방에 들어서면 '블랙아웃'이라는 기술에 먼저 현혹당하기 십상이다.

B급 던전이던 '알페온의 지하 수로'가 A급 던전으로 성장하면서, 주변으로 흩뿌린 게 바로 '블랙아웃'이었으니까.

일종의 덫이었다.

'블랙아웃에 당한 사람은 하나같이 던전 내부 중 랜덤의 공간으로 떨어지니까.'

어쨌든 집단으로 몰려든 몬스터를 피해 수직갱도로 뛰어든 강서준이었다.

그는 겨우 갱도 아래에 고여 있던 호수에서 빠져나와 숨을 고르고 있었다.

"……내, 냄새 한번 고약하네."

함께 뛰어든 에일의 불평이었다.

그의 말마따나 강서준과 에일은 갑옷의 곳곳이 오물에 젖어 지독한 냄새를 풍기고 있었다.

"살아남은 게 다행이죠."

"다행? 지금 이 꼴이 다행이라고 했느냐?"

성난 에일의 목소리였지만 차분히 무시하며 그저 주변을 둘러봤다. 대꾸가 없으니 에일도 길게 불평불만을 늘어놓지는 않았다.

제아무리 눈치 없는 그라고 해도 이 분위기까지 읽지 못하는 건 아니다.

'운이 좋은 건지 나쁜 건지. 8층이나 아래로 떨어졌다니…….'

알페온의 지하 수로는 도합 30층으로 이뤄진 던전이다. 공략할수록 아래로 내려가 지하 30층에 도달해야만 보스방에 이르는 흔한 미궁 던전.

'문제는 내려갈수록 더 강한 몬스터가 등장한다는 건데…….'

아마 그들이 있었을 1층에서의 몬스터가 300대 초반이라면, 8층 아래인 이곳은 어쩌면 그보다 더 높은 수준의 몬스터가 있는지도 모른다.

그래도 1층의 경험도 경험이란 걸까.

에일은 쉽게 경거망동하여 크게 소리를 내거나 주변 몬스터들이 들릴 만한 소음을 내진 않았다.

대신 눈살을 찌푸리며 묻는다.

"이제 어쩔 셈이더냐?"

"네?"

"네놈 때문에 더 깊숙이 떨어지고 말았다. 이걸 어찌 책임질 거냐고 묻는 것이다."

목숨을 구해 줬더니 하는 말이라고는…….

강서준은 어둠을 응시하며 답했다.

"던전을 빠져나가야죠."

"그니까 어떻게 빠져나간단 말이냐."

반복되는 질문에 미간을 찌푸린 강서준은 저도 모르게 에일을 돌아봤다. 그래도 선임기사란 작자면서 왜 자꾸 신임기사한테 꼬치꼬치 질문을 캐묻는지 궁금했기 때문이다.

'……겁을 먹었군.'

레벨과 안 어울리게 덜덜 떨고 있는 그의 손이 증명했다. 새파랗게 질린 안색으로 궁색하게 강서준을 비난하면서 수시로 주변을 둘러보기도 했다.

'하기야 던전 경험이 많진 않았겠지.'

귀족 출신이었으니 어려서부터 검술 정도야 꾸준히 훈련해 왔을 것이다. 또한 몬스터 사냥 경험도 적잖이 있을 것이다.

블랙 슬라임을 쓰러트리는 기술이나 갖가지 몬스터를 상대하는 능력은 꽤 출중한 편이니까.

하지만 던전 공략은 별개의 이야기였다.

사실 드림 사이드에선 '던전'을 대개 '금지'로 여기는 경향이 있었다.

플레이어가 아니고서야 섣불리 진입조차 해선 안 될 그런 위험한 장소.

'이들에게 목숨은 하나니까.'

강서준은 그 사실을 상기하며 새삼스러운 눈으로 에일을 둘러봤다.

단순히 게임을 플레이할 때는 몰랐던 그의 절박함이, 이젠 너무나도 확연하게 와닿았던 것이다.

"일단…… 일단 이동하죠."

그러면서 강서준은 벽면에 살짝 자라난 꽃봉오리를 발견할 수 있었다.

거두절미하고 검부터 뽑아 줄기를 잘라 내자, 꽃에서 '진물'이 아닌 '핏물'이 쏟아졌다.

끼익…….

바닥에 널브러진 꽃봉오리.

일명 '만드라고라'는 애써 입을 벌렸지만, 그곳에서 들려온 건 바람 빠진 소리였다.

이처럼 함정형 몬스터인 만드라고라는 사전에 발견하여

그 줄기만 잘라 낼 수만 있다면, 주변의 몬스터의 어그로를 만드는 비명을 차단할 수 있었다.

"히익!"

한층 겁을 먹은 에일을 이끌고 강서준은 어둠 속으로 더욱 나아갔다.

던전에서 한곳에 오랫동안 머무는 행위는 안전지대를 제외하고는 결코 해서는 안 될 행동.

'여기서 1층으로 돌아가는 건 무리야.'

수직갱도를 이용하여 대략 8층 아래로 떨어져 버렸다. 현재 그들이 선 위치는 아마도 9층.

그리고 여기서 다시 상층으로 올라가려면 각 층마다 존재하는 층간 보스를 처치해야만 했다.

과연 두 사람이 해낼 수 있을까?

강서준은 고개를 가로저었다.

'여긴 A급 던전이야.'

층간 보스를 단둘이서 공략한다는 건 불가능했다. 아마 강서준의 본 계정의 스킬을 가져와도 무리일 것이다.

강서준은 지그시 아래를 내려다봤다.

'그러니 내가 향할 곳은 위가 아니라 아래야.'

상층으로 올라가기 버겁다면, 아래로 내려가야 한다. 지하수로의 15층엔 플레이어를 위한 '안전지대'가 형성되어 있으니까.

'6층만 더 내려가면 된다.'

그리고 내려가는 방법은 종전에 그가 그러했듯, 층간보스를 만나질 않아도 얼마든지 방법은 많았다.

수직갱도를 이용하는 방법.

혹은 싱크홀을 찾아 뛰어내리는 방법.

알페온의 지하 수로는 아래로 내려가는 건 쉬워도, 다시 올라가긴 어려운 구조로 되어 있었다.

이른바 '개미지옥'이다.

"……결국 여긴 몬스터의 내장 같은 거니까."

"뭐?"

"아닙니다. 그보다 에일 님. 그 목걸이는 어떻게 된 겁니까? 사특한 기운을 막아 주는 것 같은데요."

분위기를 상기시킬 겸, 강서준은 에일의 목걸이를 바라봤다.

이름이 '청명 목걸이'였나.

훗날 알페온의 저주를 파훼하기 위해서 플레이어들이 필수로 조달했던 아이템 중 하나였다.

그걸 용케 갖고 있었다.

"우리 가문에서 자랑하는 '청명 목걸이'란 것이다. 아무렴 이깟 던전의 저주 따위는 이겨 낼 수 있지."

저걸 구하려고 꽤 성질 더러운 귀족 NPC의 퀘스트를 수행했던 게 아련하게 떠올랐다.

'결국 저 목걸이가 이번 퀘스트에서 주요 인물로 자리 잡은 요인이었군.'

쓰게 웃으며 걸음을 딛던 강서준은 돌연 바닥에 새겨진 작은 흠집을 보고 손을 위로 들었다. 잔뜩 긴장한 에일이 화들짝 놀라며 멈춰 섰다.

"왜, 왜……?"

"쉿."

강서준은 에일을 데리고 조금씩 뒤로 물러났다. 다행히 에일도 입을 꾹 다물어 준 덕에 한쪽 터널에서 나타난 몬스터에게 바로 걸리진 않을 수 있었다.

'듀라한…… 벌써 340대 몬스터가 나오는구나.'

놈은 자신의 장검으로 바닥을 톡톡 두드리며 움직이고 있었다. '머리'가 없어 오직 한 가지 감각에 의존하기 때문이었다.

-절대 움직이지 마요.

강서준은 입모양으로 에일에게 의사를 전달했다. 듀라한의 앞에선 작은 소리조차 조심해야 한다.

'진동을 읽으니까.'

귀도 없는 주제에 감각은 예민한 놈이라, 듀라한은 진동을 통해서 주변 사물을 인식하는 것이다.

"……그럼 이동합시다."

듀라한이 지나가길 한참을 기다린 그들은 다시 걸음을 재촉했다.

작은 소음도 용납하기 어려운 9층의 특성상 가능한 빨리 이 아래로 내려가는 게 이득이었다.

하지만 예기치 못한 일은 늘 갑자기 벌어지는 법이다.

키에에에에엑!

돌연 에일의 호주머니 속에서 맹렬한 울음소리가 터져 나온 것이다.

찢어질 듯한 고음에 괴로워하는 에일.

강서준은 입술을 짓씹으며 에일의 호주머니에서 작은 뿌리 하나를 꺼낼 수 있었다.

푸슈우욱!

빠르게 찔러 넣은 검!

줄기 끝이 잘려 나가자 소음은 점차 바람 소리가 되어 갔다. 강서준은 눈을 흘겨 뜨며 물었다.

"이건 대체 언제 챙긴 겁니까?"

"……이미 죽은 거였잖아. 만드라고라는 명약이 되니까."

"하……."

만드라고라는 만병통치약으로 불릴 정도로 희귀한 약재일 것이다. 하지만 그렇게 써먹기 위해서는 특수한 마법처리를 통하여 이놈의 재생을 봉인했어야 한다.

만드라고라가 왜 만병통치약이겠는가.

줄기를 잘라도, 뿌리를 잘라도, 잎을 자르더라도 그 형체가 조금이라도 남았다면 재생하는 특징 덕이다.

쿵! 쿵! 쿵!

그리고 점차 가까워지는 울림이 있었다. 그게 무얼 뜻하는 지는 말하지 않아도 알 수 있었다.

'만드라고라는 듀라한의 레이더니까.'

혀를 찬 강서준은 만드라고라를 바닥에 내동댕이치고는, 에일을 데리고 빠르게 달리기 시작했다.

듀라한에게 위치가 발각된 이상 놈들의 표적이 됐을 것이다. 놈에게 따라잡히기 전에 내려가는 구멍을 찾는 게 최선이었다.

"이게 다 세세하게 설명해 주질 않은 네놈 탓이다!"

"시끄러워요!"

불행 중 다행인 건 이번엔 아래로 내려가는 싱크홀을 늦지 않게 발견했다는 것이다.

새카만 어둠이 가득한 구멍.

적어도 10층으로 내려가는 지름길이었다.

"달려요!"

그리고 찾아온 불행은 아무래도 듀라한이 턱끝까지 쫓아왔다는 것이었다.

쿠우우웅!

"내가 시간을 끌겠다!"

"됐어요! 그 시간에 달리라고!"

용감하게 듀라한을 향해 나서려는 에일이었지만, 강서준은 대번에 그 말을 잘라 먹으며 핀잔을 날렸다.

실제로 의미 없는 짓이었다.

듀라한을 상대로 전투를 벌일 정도의 역량이 있는 자라면, 1층에서 그 고생도 안 했을 것이다.

"역시 그렇지?"

그나마 빠른 태세 전환이 에일의 장점이라면 장점이었다. 그는 특유의 스텟을 한층 발휘하여 강서준보다 빨리 싱크홀 앞에 도달했다.

-기이익…… 거기냐!

머리도 없는 주제에 주변 공기가 떨리더니 듀라한의 '음성'이 창졸간에 접근했다.

이를 악물고 검을 휘둘러 '형태'가 된 '음성'을 맞댔지만, 강서준은 그 진동을 이기질 못하여 옆으로 튕겨 나가야만 했다.

"커헉!"

단 일격에 온몸이 망가진 듯 피가 역류했다. 겨우 고개를 들자 듀라한은 싱크홀에 거의 다다른 에일의 뒤를 쫓고 있었다.

"으아아아아!"

한 끗 차이로 에일이 따라잡힐 것이다.

"……크윽."

그때 보인 건 벽면에 고개를 빳빳이 들고 자라난 만드라고
라.

강서준은 이를 악물고 그것을 손으로 우악스럽게 뿌리까지
뜯어냈다. 만드라고라는 괴롭다는 듯 바로 비명을 질렀다.

키에에에에엑!

다시 울린 만드라고라의 울음!

에일을 쫓던 듀라한이 대번에 방향을 돌려 강서준에게 달
려왔다. 진동이 더 큰 방향이 녀석의 어그로를 끄는 것이다.

ㅡ……거기냐!

두 눈을 부릅뜨고 '간파'를 발동한 강서준은 듀라한이 쏘아
낸 음파를 확인했다.

강서준은 몸을 굴려 겨우 피해 냈다.

'결국 놈은 진동으로 주변을 인식해.'

강서준은 바닥을 구르며 움켜쥔 돌 부스러기를 듀라한의
근처로 흩뿌렸다.

사방에 생겨난 진동.

듀라한은 약간 렉이 걸린 듯 움츠러들었다.

하지만.

ㅡ기이익……!

너무 가까워진 게 화근이었을까.

강서준은 빠르게 뛰는 심장박동을 느꼈고, 듀라한의 검이
그 심장을 향해 짓쳐들어오는 걸 볼 수 있었다.

채애애애앵!

근데 날카로운 금속음과 함께 두 동강 난 것은 듀라한의 몸이었다.

'무슨……?'

의식이 상황을 따라가기도 전에 그의 앞에 모습을 드러낸 누군가의 듬직한 등이 있었다.

듀라한을 일격에 베어 낸 '그'가 뒤를 돌아보더니 말했다.

"괜찮나?"

그리고 나타난 건 시스템 메시지.

[전직 퀘스트의 핵심 인물을 마주했습니다.]

그는 '호크 알론'이었다.

이건 예상할 수 있는 일이었다.

'여긴 스킬북의 세계니까.'

멜빈 황제로부터 비롯된 스킬인 '태산 가르기'라면 어떤 세계로 연결되고, 그곳의 배우들도 추측할 수 있다.

막말로 '황제'가 살아 있는 과거라면, 그의 아들인 '호크 알론'을 재회해도 이상하지 않다.

'물론 여기서 재회할 줄은 몰랐지만.'

강서준은 일격에 듀라한을 양단한 호크 알론을 올려다봤다. 그는 어둠 속에서도 스스로 빛을 발하고 있었다.

"괜찮나?"

착각이 아닐 것이다.

그가 걸친 갑옷은 무언가 특수한 힘을 내고 있어, 수시로 번쩍이며 주변의 어둠을 밀어냈으니까.

그게 무언지는 바로 깨달았다.

이 던전에서 유효한 효과를 내는 아이템은 '그것'뿐이다.

'청명석.'

선임기사 에일의 가문에서 생산하는 '청명석'을 가루로 빻아, 갑옷을 제련할 때 첨가한 것이다.

저리 둘러싸면 블랙아웃이나 데스아웃 따위에 휩쓸릴 확률은 0에 수렴한다.

호크 알론은 강서준을 향해 말했다.

"어떻게 너 같은 신임기사가 이곳에 있는지는 모르겠지만……."

한편 호크 알론의 뒤편에서 스멀스멀 재차 두 동강 난 몸을 합쳐 가는 듀라한을 볼 수 있었다.

양단되더라도 죽지 않은 것이다.

상황이 어찌 됐든 듀라한의 낌새를 눈치챈 호크 알론에게 큰 목소리로 외쳤다.

"검…… 저놈은 검이 본체입니다!"

쇄애애액!

호크 알론은 일부러 지그재그로 달려 듀라한에게 접근했

다. 큰 울림을 가진 발디딤은 녀석의 감각을 어지럽혔다.

'아니, 그게 전부가 아니야.'

호크 알론이 딛고 간 바닥마다 마력이 흩뿌려져 몇 번이나 진동을 일으키고 있었다.

꽤나 탁월한 기술이었다.

저런 방식으로 마력을 운용하면 듀라한을 속이는 건 어린 아이에게 장난감을 빼앗듯 쉽다.

괜히 이 세계의 주요 인물이 아닌 건가. 호크 알론은 듀라한에게 접근하여 다시 선명한 검격을 박아 넣었다.

일격에 양단되는 몸통!

이번엔 강서준의 말이 신경 쓰였는지 듀라한의 검까지 단번에 잘라 내는 기염을 토했다.

파사삭……

그렇게 가루가 되어 흩날리는 듀라한의 사체를 내려다보던 호크 알론은 고개를 돌려 나지막이 입을 열었다.

"일단 자리를 피하도록 하지."

"……네."

쿵! 쿵!

그다지 멀지 않은 곳에서 이곳의 소음을 깨닫고 또 다른 듀라한이 다가오고 있었으니까.

[싱크홀에 빠졌습니다!]

['2층' 아래로 떨어졌습니다.]


다행히 가까운 싱크홀을 통해서 아래로 대피할 수 있었다.

현재 그들의 위치는 지하 11층.

아래쪽으로 내려오자마자 능숙하게 주변을 정찰하며, 적의 동태부터 살핀 호크 알론은 겨우 안도하며 이쪽으로 돌아왔다.

'여긴 화약 냄새가 진동을 하는군. 어떤 놈이 몬스터인지 훤히 알겠어.'

지하 11층의 몬스터는 이동속도가 느린 편인 '대포 고블린'일 것이다.

아마 놈의 사정거리에만 들어서질 않는다면 공략 난이도가 어렵지 않았다.

"……왕국의 첫 임무로 이곳 탐사를 맡았다고?"

"정확히는 하수처리장이었죠."

"터무니없군. A급 던전에 햇병아리들을 보내다니…… 제국에 무슨 일이 있는 건가."

혀를 찬 호크 알론은 일단 선임기사인 에일의 어깨를 두드려 줬다. 그간 두려움에 떨던 에일의 긴장감이 눈 녹듯 사라지는 순간이었다.

"고생했다. 에일 경."

"아, 아닙니다! 호크 단장님을 뵙게 되어 영광입니다!"

동문서답이었지만 호크 알론은 크게 신경 쓰는 눈치가 아니었다. 그는 되레 옆에서 어색하게 웃고 있던 강서준에게 관심을 표했다.

"그보다 자네는……."

"신임기사 루디 돌포스라 합니다."

"……신임기사라."

강서준을 바라보는 호크 알론의 시선은 예사롭지 않았다. 파고들 것만 같은 눈초리엔 그만한 이유가 있을 것이다.

"의심하는 건 아니네만…… 짚고 넘어가지 않을 수는 없어. 루디. 자네는 어떻게 듀라한의 본체를 알아본 거지?"

의심하는 건 아니라면서?

자칫 잘못 대답하면 그대로 칼로 목을 베어 버릴 듯한 기세에 강서준은 호흡을 가다듬었다.

행여나 에일이 던전에 대해 너무 잘 아는 걸 문제로 삼을까 싶어, 미리 준비해 둔 답은 있었다.

"제게 S급의 간파 스킬이 있습니다."

"흐음?"

"적의 본체 정도는 볼 수 있습니다."

사실이었다.

S급 간파 스킬은 관찰력이 극대화된 스킬 중 하나였다. 상대방이 보여 주는 스킬의 효과까지 알아내는 특성이 있으니 듀라한의 본체 정도는 찾아낼 수 있었다.

물론 이번 경우엔 그저 알고 있는 정보를 조합해서 필요에 따라 꺼내어 써먹었을 뿐이지만.

호크 알론도 고개를 주억거렸다.

"그렇단 말이지⋯⋯."

한편으로는 호크 알론에 대한 경계심이 약간 올라갔다.

역시 에일과 비교할 바가 아니다.

그는 강서준처럼 숱한 던전을 공략해 온 현직 베테랑 기사였고, 어지간한 단서는 쉽게 놓치질 않는다.

종전에 봤던 검술은 또 어떤가.

당장 강서준의 눈으로도 그 레벨을 추측할 수 없는 수준 높은 검술이었다.

'게다가 아까 그 기술은 분명⋯⋯.'

듀라한을 양단하고 검까지 베어 내는 그 기술은 묘하게 낯익었다. 강서준은 헛웃음을 지으며 그 명칭을 떠올릴 수 있었다.

'⋯⋯역시 태산 가르기겠지.'

황제가 고안했다고 알려진 궁극의 스킬은 그의 아들인 호크 알론에게도 전승된 모양이다.

그것도 아주 강력한 위력이었다.

"……알겠다."

일단 호크 알론이 살기를 거둬들인 덕분에, 약간 거칠어지던 호흡이 안정됐다는 걸 알았다.

새삼스럽지만 황당한 일이다.

'이렇게 강한 인간이 왜 그따위로 죽은 거지? 이해가 안 되는데…….'

그만큼 케이의 능력이 상식을 파괴하는 수준이라는 뜻이었지만, 강서준은 저도 모르게 혀를 찰 수밖에 없었다.

그로서는 이해할 수 없는 문제였다.

'그나저나 이 양반은 대체 어쩌다 혼자서 지하 수로를 헤매고 있었을까.'

의문을 눈치채기라도 했는지 호크 알론은 알아서 그 이유를 설명해 줬다.

"난 알페온 시계탑에 생성된 검은 연기를 확인하려 이곳으로 왔다. 지하로 내려오니 이쪽으로 연결되어 있더군."

이어진 말에 강서준은 바로 납득할 수 있었다. 알페온의 지하 수로의 입구는 하나가 아니었으니까.

정확히 말하자면 '던전' 자체가 몬스터인 '알페온의 지하 수로'는 알페온 전역에 입구를 갖고 있다.

블랙아웃에 삼켜지는 곳이 어디든, 이곳 '알페온의 지하 수로'로 연결된다.

그래서 '알페온의 저주'라 불린다.

"기사단원들은 모두 검은 연기에 삼켜져 돌아오지 않더 군. 꽤 곤란하던 참이었어."

호크 알론은 에일을 보더니 묻는다.

"역시 자네는 홀 남작의 자제인가?"

"저희 아버지를 아십니까?"

"청명석의 대부인 그를 어찌 모르겠는가. 자네의 목에 있 는 것도 '청명석'으로 만들었겠지?"

"물론입니다."

그는 은은하게 빛나는 에일의 목걸이를 손으로 만져 봤다. 겉보기엔 예술품처럼 이쁘게 장식된 장신구나 다름없었다.

"역시 청명석이 중요하겠어."

한데 호크 알론의 다음 시선은 강서준에게 향했다. 뭐든 청명석과 관련된 걸 내놓아야 할 것만 같은 눈빛.

당연히 청명석 따위를 들고 있지 않는 강서준은 어색하게 웃으며 말했다.

"전 간파 스킬로 통과했습니다."

"또?"

"검은 연기에 삼켜졌으나 출구가 보이더군요."

강서준은 기왕 이리된 김에 뻔뻔하게 나가기로 했다. 아직 미미한 의심을 품은 호크 알론을 향해 재차 입을 열었다.

"해서 전 이 던전의 출구가 아직 보입니다."

"……그게 사실인가?"

"네. 정확하게 이 아래로 4층만 더 내려가면 출구가 있어요."

"올라가는 게 아니라 내려가야 한다라······."

잠시 조마조마한 시간이 흘렀지만 의외로 호크 알론은 강서준의 말을 믿기로 했다.

아무래도 듀라한의 실체를 본 게 도움이 된 듯했다.

"좋아. 더 내려가 보도록 하지."

이후로 강서준은 두 개의 층을 더 내려가면서, 호크 알론이 가진 무력을 두 눈으로 직접 확인할 수 있었다.

레벨을 떠나서 그 검술이 참 대단했다.

[스킬, '간파(S)'를 발동합니다.]
[스킬, '?'을 발견했습니다.]
[스킬, '?'를 21% 이해했습니다.]

막말로 그가 휘두르는 태산 가르기의 위력은 경이로울 정도였다.

'과연 무엇이 내 스킬과 다른 걸까.'

그 이후로 강서준은 눈을 빛내며 호크 알론의 이모저모를 계속 파악하려고 노력했다.

그게 뭐든 배우는 게 이득이었다.

특히 강서준이 주목한 건, 호크 알론이 마력을 운용하는 방식이었다.

[스킬, '?'를 27% 이해했습니다.]

듀라한을 상대할 때 마력을 바닥에 튕겨 진동하던 기술도, 바로 이걸 응용한 기술인 듯했다.

'검을 진동시켜 마력을 증폭시키는구나. 그 덕에 같은 태산 가르기라 해도 더욱 강력한 위력을 내는 거야.'

사실 제국검술을 밤잠을 잊으며 연습해 보아 어느 정도 눈치챈 게 있었다.

태산 가르기는 '제국검술'에서 비롯됐고, 그보다 상위 등급의 검술을 기반으로 한다는 걸.

즉 '태산 가르기'를 제대로 활용하려면 관련된 검술을 온전히 익혀야만 한다.

아마 그게 종전부터 시스템 메시지로 나타나는 '?'의 정체일 것이다.

"루디! 놈의 본체는?"

"……활입니다!"

13층을 떠돌던 한 마리의 그리핀이 활을 꽉 쥐어 당기고 있었다. 화살촉에 묻은 건 '데스아웃'을 유발하는 독.

아마 저건 청명석으로 된 아이템으로도 이겨 내지 못한다.

체내에 흡수된 데스아웃은 아이템으로도 회복시킬 수 없

으니까.

하지만.

"흐아아압!"

기합을 내지른 호크 알론이 다가오는 화살을 모조리 쳐 냈다. 놀라운 건 그가 검을 휘두를 때마다 더욱 힘이 강해진다는 것이다.

'……대단하군.'

검에 실린 마력은 폭발할 듯하면서도 제대로 갈무리됐다. 이내 호크 알론의 검술은 그리핀이 쥐고 있는 활을 향해 포효하기 시작했다.

호크 알론의 검이 진동하고 있었다.

마치 맹수의 울음처럼.

[스킬, '?'를 30% 이해했습니다.]

[스킬, '?'의 첫 번째 묘리 '맹수의 울음'을 이해했습니다.]

그 뒤로도 강서준은 마치 물 먹은 스펀지처럼 호크 알론의 검술을 머릿속에 하나씩 쌓아 갔다.

스킬 '간파'의 효능으로 움직임을 이해했고, 그 저의도 파악했으며, 나아가 응용법까지 되새겨 봤다.

모든 것들이 그의 힘이 되고 있었다.

'……운이 좋군.'

강서준은 눈을 빛내며 더욱 호크 알론의 움직임을 좇았다.

태산 가르기는 이미 소멸해 버린 황제의 마지막 유물과도 같은 기술. 다시는 찾을 수 없는 섭종된 세계의 흔적이다.

하지만 이렇듯 전직 퀘스트를 통해 스킬북을 독파할 수 있는 경우라면 얘기가 달라진다.

잘만 해낸다면…….

'기반이 되는 검술도 얻을 수 있겠어.'

그리고 고작 형태만 따라 하던 태산 가르기가 본격적으로 제 힘을 발휘할 수 있게 된다면 어찌 될까.

상상만 해도 짜릿했다.

전투 스킬이 부족한 강서준에게 있어선 마른하늘에 단비 같은 일이었다.

"이제 마지막 층이군."

겨우 찾아낸 싱크홀을 따라 14층으로 내려선 일행.

좀 더 느긋하게 호크 알론의 검술을 지켜보고 싶었던 강서준의 아쉬운 마음이 닿았을까.

그들은 14층을 헤매고 또 헤맸지만 이번엔 싱크홀이나 수직갱도를 발견할 수 없었다.

호크 알론이 물었다.

"어떻게 된 거지?"

"……저도 모르겠습니다."

강서준이라고 이 던전에 대해서 완전히 파악하고 있는 건 아니었다.

각 층마다 존재하는 몬스터나 그 특징, 층간 보스의 정보를 알고 있을 뿐이었다.

'알페온의 지하 수로는 매일 그 구조가 바뀌니까. 외울 필요가 없었지.'

싱크홀이나 수직갱도, 출구는 매일 바뀌는 것이었다.

"아무래도 이번엔 보스를 공략해야 할지도 모르겠네요."

결국 그들이 멈춰 선 곳은 누가 봐도 강한 몬스터의 기운이 넘실거리는 어느 방문 앞이었다.

이곳은 계단방.

정확히 말하자면 층간보스가 거주하는, 던전 내의 가장 '핵심 장기'들이 존재하는 곳이었다.

거대한 문을 밀고 들어서니 보이는 건 사방이 거울로 둘러싸인 특이한 방이었다.

'천장과 바닥까지…… 역시 거울방이구나.'

알페온의 지하 수로 14층.

말하자면 '안전지대'인 15층을 앞두고 존재하는 마지막 층간보스 방일 것이다.

가능하면 피하고 싶었고,

만약 에일과 강서준 단둘이었다면 결코 도전조차 해 보지 못했을 곳.

서서히 닫히는 석문을 바라보며 강서준은 나지막이 침을

삼켰다.

'괜찮을 거야. 호크 알론은 내 생각보다 훨씬 강하니까.'

호크 알론도 약간 긴장한 눈치로 호흡을 가다듬었다. 그리고 검을 앞으로 빼어 들며 나지막이 입을 열었다.

"모두 내 곁에서 떨어지지 마라."

주변의 거울이 점차 흑색으로 물들면서 이상한 BGM이 내리깔리기 시작한 건 그때였다.

이건 '녀석'이 나타난다는 징조.

그리고 강서준은 호크 알론이 말한 대로 그의 곁에서 떨어지지 않는다는 건 애초에 불가능하다는 걸 알고 있었다.

'이놈은 그런 놈이니까.'

['14층'의 층간 보스 몬스터 '미러 이미지(A)'가 등장했습니다.]

하지만 메시지 이후로 그들 앞에 모습을 드러내는 몬스터는 없었다. 그저 거울의 양면이 새카맣게 물들 뿐.

호크 알론은 경계를 늦추질 않았다.

물론 거울이었던 바닥이 그들의 몸을 삼켜 버리는 건 부득이한 일이겠지만.

"이런……!"

창졸간에 아래로 삼켜진 일행은 거울 속을 부유했다. 그리고 정신을 차렸을 때는 종전과 같았지만 다른 장소에 도착할 수 있었다.

강서준은 고개를 들어 천장을 보았다.

그곳엔 호크 알론이 혼자서 검을 쥔 채 한 몬스터를 마주하고 있었다.

형태는 마치 검은색 연기로 이루어진 인간 같기도 했다.

"에일! 루디!"

천장 속 거울에 갇힌 호크 알론의 외마디 외침을 뒤로하고, 강서준은 눈앞에 점차 형상을 갖추는 몬스터를 볼 수 있었다.

A급 몬스터 '미러 이미지.'

"으억?!"

겁에 질려 뒤로 물러나던 에일은 순식간에 벽면의 거울에 잡아먹혔다.

그는 금세 왼쪽 거울 벽면 속에 갇혀 버렸다.

"……하, 결국 이리됐구나."

이놈의 특징은 거울 속으로 플레이어를 끌어당겨, 그 팀을 붕괴시키는 데에 있다.

여러 명이 들어가면 각자의 거울 속에서 보스 몬스터와 홀로 싸워야 하는 귀찮은 특징을 가진 놈.

결국 이놈을 쓰러트릴 방법은 하나다.

'누군가가 거울을 부수고 구하러 오길 기다리거나, 직접 몬스터를 때려잡아야겠지.'

다만 한 놈이 여러 개로 분열되는 만큼 그 능력치도 하향
된다.

즉 레벨만 350에 달하는 미러 이미지는 세 개로 분할된 만
큼 약해져 있었다.

'물론 그조차 내가 이길 상대는 못 되겠지만……'

강서준은 천장에서 어느덧 미러 이미지를 향해 검을 휘두
르는 호크 알론을 응시했다.

"……어떻게든 살아만 있으면 되겠지."

호크 알론이 구하러 올 테니까.

⚜

그리고 욕지거리를 내뱉는다.

'빌어먹을……'

호흡을 거칠게 내뱉으며 벽면의 거울을 박찼다. 그를 쫓아
서 다가오는 건 한 마리의 데스 구울.

놈의 목을 베고 심장을 관통하니 겨우 데스 구울은 바닥에
축 늘어졌다.

하지만 끝은 아니었다.

쓰러트린 미러 이미지는 붕괴되더라도 그보다 더욱 강력
한 몬스터로 재탄생할 뿐이니까.

강서준은 데스 구울이 있던 자리로 새로 모습을 드러낸 데

스 스켈레톤을 확인했다.

아마 저놈은 3층 몬스터다.

"후우…… 후우!"

다시 호흡을 정돈하며 데스 스켈레톤으로부터 거리를 벌렸다. 녀석이 뼈다귀를 집어 던졌지만 애써 피해 낼 수 있었다.

그리고 천장을 바라봤다.

'앞으로 몇 층이나 남았지?'

거울방의 보스 몬스터의 패턴은 지극히 단순하다. 그저 1층부터 14층의 몬스터를 하나씩 소환해 내는 것.

층마다 소환되는 몬스터를 모두 처치해야 겨우 본체인 '미러 이미지'를 공략할 기회가 생긴다.

'……이제 13층이구나.'

그리고 호크 알론은 막 13층의 몬스터를 향해 검을 휘두르고 있었다. 머지않아 14층의 본체까지 도달할 것 같았다.

문제는.

'그때까지 내가 살아남을 수 있을까.'

짧게 호흡을 끊은 강서준은 데스 스켈레톤이 갈비뼈를 뽑아내는 걸 보고 말았다.

기왕이면 저층의 몬스터를 상대로 시간을 끌고 싶었지만, 갈비뼈는 조금 위험하다.

크아아앗!

괴성을 지르는 놈에게 접근하자마자 강서준은 놈의 다리

관절을 베어 버렸다.

갈비뼈를 뽑다가 고꾸라진 데스 스켈레톤!

강서준은 공격을 잇기보다 놈의 반경에서 멀어지는 쪽을 선택했다.

'갈비뼈는 폭탄이니까.'

곧 커다란 폭발이 일어났다.

콰아아아아아앙!

본인의 몸을 희생하여 '데스아웃'을 일으키는 3층의 데스 스켈레톤.

불행인지 다행인지, 방금 자폭 대미지로 놈은 소멸하고 말았다.

그리고 바로 누더기 천을 머리에 뒤집어쓴 '데스 스펙터'가 모습을 드러냈다.

'......으으.'

강서준은 일단 귀부터 막아 냈다.

데스 스펙터는 '소음'으로 '데스아웃'을 유발하는 몬스터.

놈의 누더기 천이 세차게 떨리다 그 흔들림이 고요해질 즈음에야, 강서준은 손을 귀에서 뗄 수 있었다.

또한 귀를 막는 사이 천장이 요란하게 진동을 일으키고 있다는 사실을 알 수 있었다.

드디어 기다리던 보스전의 징조였다.

"빨리도 해낸다. 진짜······."

그래도 호크 알론 덕분인지 눈앞의 데스 스펙터는 반쯤 희미해졌고, 옆면으로 빨려 들어갔던 에일도 돌연 이쪽으로 돌아왔다.

"으아앗!"

대체 무슨 꼴을 당해 온 걸까.

전신이 넝마가 된 에일은 피를 토하면서 강서준의 옆에 쓰러졌다.

해서 강서준은 미간을 구기며 일단 그의 몸에 포션을 부어 줬다. 그쯤엔 강서준의 거울방에 있던 데스 스펙터도 완전히 소멸한 뒤였다.

예상대로였다.

미러 이미지…… 놈도 결국 분할한 채로 호크 알론을 이길 수 없다고 깨달은 모양이다.

강서준은 천장을 올려다봤다.

호크 알론과 똑같이 생겼으면서 색깔은 새카만 형태의 '미러 이미지'가 한창 전투를 펼치고 있었다.

"허억…… 여긴."

"정신이 들어요?"

"내가 어떻게 된 거지?"

포션 덕에 그나마 회복된 에일은 강서준을 올려다봤다. 그리고 천장을 보더니 저도 모르게 입을 쩍 벌리고 말았다.

호크 알론이 한 마리의 보스 몬스터를 상대로 보여 주는 무시무시한 검술!

멀리서 봤을 때는 그저 화려한 춤과도 비슷한 검술에 절로 감탄이 흘러나왔다.

미러 이미지도 속수무책이었다.

역시 난놈은 난놈이다.

키잇! 키이잇!

하지만 그때였다.

이미지의 입에서 들려오는 반복적인 울음. 그 소리에 집중하던 강서준은 서서히 녀석의 몸이 이쪽으로 내려오고 있다는 걸 볼 수 있었다.

"당장 놈을 죽여야 해요!"

간절한 목소리가 닿은 걸까. 호크 알론의 매서운 공격은 녀석의 목을 잘라 냈다.

피가 분수처럼 솟구치며 거울을 핏빛으로 물들이는 순간이었다.

츠츠츳!

하지만 이미 늦었다.

창졸간에 바닥으로 스며든 녀석은 잃어버린 목을 제외하고, 강서준과 에일의 앞에 섰으니까.

아연실색하여 잠시 숨 쉬는 것조차 잊었는지 꺽꺽대는 에일을 뒤로하고, 강서준은 입술을 꽉 깨물었다.

"돌겠군……."

미러 이미지는 머리가 없어졌음에도 막강한 보스 몬스터의 기세를 흘려 대고 있었다.

바라만 봐도 온몸이 굳고 당장이라도 심장이 멈춰 버릴 것만 같은 공포가 떠올랐다.

'호크 알론은……'

슬쩍 위를 올려다보니 호크 알론이 바닥을 향해 무수하게 공격을 쏟아붓는 게 보였다.

당황한 그는 막대한 공격력을 바탕으로 서서히 거울을 깨부수고 이쪽으로 내려올 기세였다.

하지만.

"……기다려 주진 않겠지?"

키이이이잇!

강서준은 창졸간에 접근한 미러 이미지를 향해 검을 휘둘렀다. 분명 놈의 심장을 노렸지만 검이 스친 곳은 그저 허공이다.

목덜미가 스산해졌다.

채애애앵!

빠르게 몸을 돌려 공격을 막아 냈지만 그 충격에 튕겨 나가 한쪽 거울에 부딪쳤다.

일격에 피가 위로 역류했다.

"크헉!"

역시 본체가 다르긴 다르다.

강서준은 쓰러질 것만 같은 의식을 다잡고 애써 몸을 일으
켰다.

미러 이미지가 에일을 향해 휘적휘적 다가가는 게 보였기
때문이다.

"정신 차려요!"

아마 녀석이 아래로 내려온 이유는 뻔했다. 그나마 약한
에일과 루디를 흡수해서 체력을 회복할 속셈이겠지.

츠츠츳!

하지만 강서준의 외침에도 퍼뜩 정신을 차리지 못한 에일
은, 결국 미러 이미지의 검에 의해 한쪽 팔이 잘려 나가고 말
았다.

스거어억!

괴로움에 울부짖는 에일을 일별하며, 강서준은 이를 악물
고 녀석의 뒤를 공략했다.

놈이 일단 옆으로 물러났다.

"또 옵니다!"

금방이라도 그를 죽일 듯이 달려오는 '미러 이미지'와, 절
박한 얼굴로 바닥을 향해 공격을 퍼붓는 '호크 알론'.

동시에 강서준은 천장의 균열도 확인했다. 호크 알론의 검
은 머지않아 거울을 부술 것이다.

'기다리다간 늦어.'

호크 알론이 아무리 빨라도 녀석이 코앞에서 휘두르는 검

만큼이나 빠르진 않을 것이다. 결국 강서준은 이를 악물고 자세를 잡아야 했다.

'……막을 수 있을까?'

뒤쪽에서 들려오는 에일의 울음 섞인 비명과, 지척에 다다른 미러 이미지의 살기와 압박감.

천장에서 들려오는 커다란 폭음.

레벨이 고작 302밖에 안 되는 루디의 몸은 본능적으로 떨었고, 그만큼 검극은 세차게 흔들렸다.

죽음이 목덜미를 물어뜯는 기분이다.

강서준은 이를 악물었다.

'이딴 곳에서 죽을 것 같냐.'

돌연 거칠게 뛰던 심장이 착 가라앉았다. 본능적으로 떨어대던 손도 금세 안정됐다.

뭐라 형용할 수 없었다.

소음이 멀어지고 숨은 느려졌으며, 오히려 세상에 대한 집중력은 더욱 강해지고 있었다.

그리고 깨달았다.


[걷잡을 수 없는 강인한 의지에 의해, '플레이어 강서준의 봉인'이 일시적으로 해제됩니다.]

[플레이어 '강서준'이 스킬, '집중(S)'을 발동합니다.]

[!]

['차원 서고의 주인'의 특수 조건을 만족시켰습니다.]

[당신은 향후 어떤 상황에서도 '정체성'을 잃지 않습니다.]

[전직 퀘스트로 인하여 잠금된 모든 봉인이 해제됩니다.]


달 던전, 재앙의 유성에서 나도석이 그러했듯 강서준은 의지로 시스템의 제한을 풀어낸 것이다.

'그렇다면……'

아직 배움도 부족하고 그 위력은 미천하겠지만, 당장 그가 사용할 수 있는 최적의 기술이 있었다.


[스킬, '태산 가르기(S)'를 발동합니다.]


순간적으로 주입한 마력은 노도와 같은 기세로 빠르게 다가오는 미러 이미지를 향해 휘둘러졌다.

별안간 발동한 '필사의 참격'.

콰아아앙!

뒤로 튕겨 나가긴 했지만 미러 이미지도 대미지가 있었는지 괴성을 지르며 뒤로 나자빠졌다.

처음으로 먹인 유효타!

하지만 놈의 레벨은 본래 강서준의 능력이 복구됐다고 해도 이길 수 없는 수준이었다.

녀석은 바로 자세를 잡아 강서준을 향해 달려들었다. 강서준도 피할 수 없음을 직감하고 검을 그쪽으로 겨눴다.

그때 스치는 생각이 있었다.

'호크 알론의 기술을 사용해 보자. 태산 가르기를 강화하는 거야.'

생각은 짧았고 행동은 더 빨랐다.

강서준은 다가오는 놈을 향해 초상비를 발동시켰고, 동시에 검에 마력을 흘리며 진동시켰다.

[스킬, '집중(S)'을 발동 중입니다.]

농도 짙은 집중력은 시간을 길게 만드는 효과라도 있었을까. 찰나의 틈에 이어진 많은 생각은 짧은 시간에도 스킬 이해도를 대폭 늘려 줬다.

강서준의 검에서도 한 마리의 맹수가 점차 그 울음을 토해 내기 시작한 건 그때부터였다.

[스킬, '맹수의 울음(S)'을 습득했습니다.]
[스킬, '맹수의 울음(S)'을 발동합니다.]

콰아아아앙!

그리고 들려온 폭음은 공교롭게도 강서준과 대치 중인 미러 이미지의 머리 위에서 들려왔다.

무너지는 천장과 거기서부터 묵직한 마력을 검에 담은 채로 아래로 떨어지는 한 남자.

호크 알론은 세상을 무너뜨릴 기세로 미러 이미지를 향해 검을 휘두르고 있었다.

키잇! 키이잇?

머리 위로 떨어지는 묵직한 공격과 정면에서 접근하는 맹수 같은 강서준의 공격.

당황한 녀석은 저도 모르게 공격력이 더 강한 호크 알론 쪽으로 몸을 비틀었다.

물론, 그건 실수였다.

[스킬, '류안(S)'을 발동합니다.]
[스킬, '간파(S)'를 발동합니다.]

강서준의 스킬과 루디의 스킬이 한데 뭉쳐 미러 이미지의 아래에 있는 거울을 확인했다.

놈은 또 도주를 계획하고 있었다.

해서 강서준은 아예 놈이 이동할 방향으로 공격을 퍼부었다.

콰지직!

바닥에 약간의 균열이 생겨나고 그 균열은 이윽고 미러 이미지에게 틈을 만들어 냈다.

그 틈은 곧 약점이 됐다.

쿠우우우웅!

떨어져 내린 호크 알론의 검은 정확하게 틈을 잘라 내고,
아래의 거울까지 부술 기세로 땅에 꽂혀 들어갔다.

# 의심

호크 알론은 맹렬하게 거울 바닥을 내리찍으며 생각했다.

'젠장…… 방심했어.'

별안간 아래쪽으로 이동한 몬스터의 앞으로 두 기사가 얼음처럼 굳어 있었다.

저들이 늠름한 제국의 기사들이라 해도, 이곳의 몬스터에 비해선 어린 양에 불과한 자들.

신임과 기껏해야 2년 차였다.

'저들을 여기서 잃을 순 없다.'

무엇보다 호크 알론의 눈에 겁도 없이 몬스터를 향해 검을 겨눈 신임기사가 들어왔다.

'특히 루디, 저 녀석은……!'

모르긴 몰라도 루디 돌포스는 그가 봐 온 그 어떤 기사보다 우수했다.

신임기사인 주제에 A급 던전을 두려워하지 않는 대담함.

어떤 상황에서도 냉철하게 행동을 결정하는 침착함.

무엇보다 불가해한 현상인 '블랙아웃'을 가뿐히 이겨 내고 던전을 분석해 내는 그 특유의 관찰력.

루디 돌포스는 훗날 제국의 아주 강력한 무기가 될 것이다.

'막말로 내 기사단원조차 아직 생사를 확인할 수 없는 와중에도, 살아남았다는 것부터 대단해.'

루디가 간간히 던져 주는 조언이 아니었더라면, 과연 이렇게 빨리 14층에 도달할 수 있었을까.

'아직도 상층의 미로를 헤매고 있었겠지. 어쩌면 가지고 있는 식량이 다 떨어지는 그때까지……'

채애애앵!

거울의 균열이 많이 깨진 덕일까.

더더욱 아래쪽의 소음이 명확하게 들려왔다. 루디는 용케 몬스터의 공격을 한 차례 버텨 내고 있었다.

비록 벽면에 처박혀 버렸지만.

겨우 몸을 일으킨 루디가 외쳤다.

"정신 차려요!"

이를 보던 호크 알론은 더욱 이를 악물어야 했다. 그의 검은 마치 맹수가 울부짖듯 빠르게 진동하기 시작했다.

"끄아아악!"

단번에 잘려 나가 허공을 빙 도는 '에일 홀'의 팔과, 겁도 없이 몬스터를 향해 달려드는 루디의 모습이 느릿하게 보였다.

호크 알론은 호흡을 가다듬으며 자세를 잡았다. 이대로는 안 된다는 확신이 그를 움직이게 했다.

'방법은 하나야. 아버지가 그러했듯 진정 태산을 갈라야만 해.'

아직 완성하지 못한 기술이었지만, 그는 이 순간 한계를 뛰어넘어야겠다고 생각했다.

저들이 뛰어난 인재가 아니더라도, 그보다 어른인 그가…… 제국의 황태자인 그가 지켜야 할 백성이었다.

그는 기사들의 죽음을 원치 않았다.

"또 옵니다!"

루디의 말에 장단을 맞추듯 호크 알론은 검을 높이 들었다. 그의 눈은 형형하게 빛났고 검엔 마치 마력이 전류처럼 흐르기 시작했다.

설령 이대로 검이 터져 나간다 해도…… 그의 몸이 찢겨 나간다 하더라도.

그는 멈출 생각이 없었다.

'태산을 가를 것이다.'

준비하는 과정은 길었지만 내리찍는 순간은 마치 번개와

도 같았다.

폭발할 듯한 마력은 고스란히 거울 바닥에 집중됐고, 기어코 바닥은 폭삭 무너져 내렸다.

'성공이야!'

종전의 일격으로 팔 근육이 모조리 터져 나가고, 검에 미세한 균열이 생겨났다.

신경 쓸 건 아니었다.

호크 알론은 몬스터를 향해 기세를 몰아 다시 검에 태산을 가를 기운을 증폭시켰다.

또한 녀석에게 접근하는 루디를 볼 수 있었다.

'……말도 안 돼.'

터무니없지만 루디의 검엔 가문의 비기라 불릴 법한 '검의 묘리'가 고스란히 담겨 있었다.

황제 '멜빈 알론'이 창안했고, 그의 아들이자 수제자인 '호크 알론'이 이은 그들만의 검술.

그중 땅의 검술인 '지(地)'.

루디의 검엔 그 첫 번째 묘리인 '맹수의 울음'이 어설프게나마 담겨 있었다.

그건 있을 수 없는 일이었다.

'이것도 간파의 능력이라고?'

아닐 것이다.

제아무리 간파가 S급 스킬이라 해도 황제의 평생을 바친 검술을 이리 쉽게 따라 한다는 건 말이 안 된다.

이 세계는 그렇게 불합리하진 않다.

'아버지의 숨겨 둔 자식일까?'

그 생각도 부정할 수 있었다.

아버지는 제국과 검술에 평생을 바친 분이다. 그런 분에게 여인은 유일하게 어머니 단 한 분.

그저 후사를 낳기 위해 찾은 아주 건강하고 강인한 여인.

아버지는 사랑을 모르는 자였다.

또한 아버지의 숨겨 둔 자식을 여태 그가 몰랐다는 것부터 말이 되질 않는다.

'하지만 만에 하나라도…….'

호크 알론은 슬슬 사정거리에 접근한 몬스터를 확인했다. 짧은 순간이지만 참 많은 생각이 오고 간 듯했다.

이건 그도 몇 번 경험해 보지 못한 감각. 찰나를 쪼개서 수만 가지의 생각을 잇는다는 검사에게 있어 '초월의 경지' 였다.

플레이어들은 이를 두고 아마 '집중' 혹은 '몰입'이라 칭할 것이다.

'……후우. 뭐가 됐든 일단 적을 무찌르는 게 먼저야.'

한편 그의 검이 확실히 위협적이었는지 몬스터는 몸을 틀어, 위쪽에 있는 그를 경계했다.

그리고 그 아래로 접근한 루디는 절묘하게 거울 바닥을 노리고 공격을 해 버렸고.

그대로 바닥에 흠집을 내 버렸다.

'역시 보통 놈이 아니야.'

그 절묘한 흠집은 거울을 기반으로 서 있던 몬스터의 축을 살짝 틀었다. 호크 알론은 그 좁쌀만 한 틈을 노리고 검을 내리찍을 수 있었다.

쿠우우우우우웅!

거대한 울음은 맹수의 울음을 넘어 마치 천둥이 내리친 듯했다.

이윽고 호크 알론은 거친 호흡을 내뱉으며 완전히 짓이겨진 몬스터를 확인할 수 있었다.

힘든 싸움이었지만 결국, 그들의 승리였다.

"후우……."

그리고 통증을 밀어내며 호크 알론은 고개를 들었다.

이제 궁금증을 확인할 시간이었다.

"루디 돌포스. 네놈의 진짜 정체를 이젠 말해 주어야……."

하지만 루디는 실이 끊어진 인형처럼 툭 옆으로 쓰러지고 있었다. 마력을 다루는 데에 도가 튼 호크 알론은 그 이유를 알았다.

"마나 번이라…… 흐음."

어쨌든 14층은 돌파였다.

쿠우웅!

쿠우우우우우웅!

강서준이 14층의 층간 보스를 두고 한창 목숨을 건 전투를 벌이고 있을 즈음이었다.

차원 서고는 때 아닌 지진에 큰 곤혹을 겪고 있었다.

"최하나 씨?"

"……일단 몸부터 숙여요!"

평온하기만 하던 차원 서고로 들이닥친 지진은 책장에 걸린 수많은 책을 아래로 쏟았다.

몇몇 개는 아예 책장째 뒤로 넘어가기도 했다.

겨우 균형을 잡아 버틴 최하나는 차원 서고가 차츰 잠잠해진다는 걸 느낄 수 있었다.

"다들…… 괜찮아요?"

수많은 책 더미 속에서 켈과 진백호가 겨우 몸을 일으켰고, 공간 이동으로 잠시 몸을 피했던 김훈도 호흡을 가다듬으며 나타났다.

육안으로 확인할 만한 상처는 없었다.

"이게 대체 무슨 일이죠?"

"글쎄요. 저도 잘…… ."

분명 차원 서고의 임시 등록증을 구하기 위해 갖은 고생을 하던 두 사람이었다.

근데 돌연 차원 서고로 튕겨 나왔고, 바로 지진에 의해 큰 피해를 입을 뻔한 것이다.

김훈은 일단 최하나에게 다가왔다.

"다친 데는요?"

"전 괜찮아요. 그보다 진백호 씨를 먼저……."

"저쪽은 한눈에 봐도 멀쩡한걸요."

최하나는 바로 긍정할 수 있었다.

진백호는 켈의 보호 아래에서 생채기 하나 생기지 않은 상 태였으니까.

아무래도 바람의 정령을 불러 그 주변에 에어쿠션이라도 깔아 놨던 모양이었다.

다치려야 다칠 수가 없다.

그들은 아직 진정할 수 없는지 거칠게 숨을 몰아쉬는 진백 호의 곁으로 다가갔다.

"정말 괜찮아요?"

"네, 네? 저, 저는 괜찮습니다."

"대체 어떻게 된 거예요?"

최하나의 질문에 답한 건 바람을 일으켜 먼지를 밀어내던 켈이었다.

"아무래도 강서준 씨의 신변에 무슨 일이 일어난 것 같아 요."

"네?"

"강서준 씨가 사라진 책장에서 갑자기 붉은 빛이 석양처럼 쏟아졌거든요. 그다음 최하나 씨와 김훈 씨가 돌아왔고, 지진은 그즈음에 발생했어요."

징조가 있었던 것이다.

강서준이 사라진 책장에서 생성된 붉은 빛줄기는 아무래도 이번 사태의 원인인 듯했다.

'대체 저 안에서 무슨 일이 있었기에……'

최하나는 강서준이 현재 그의 직업인 '도서관 사서'의 전직 퀘스트를 수행한다는 사실을 알고 있었다.

또한 차원 서고는 강서준의 전용 공간과도 같다는 것도 떠올렸다.

'어쩌면 강서준 씨의 상태에 따라 이곳의 상태가 결정되는 걸지도.'

최하나는 입술을 잘근 깨물었다.

"……무력하네요."

"네?"

"이번에도 강서준 씨는 위험에 빠졌지만 제가 할 수 있는 게 없어요. 또…… 기다리고 있을 수밖에 없는 걸까요."

거의 반년을 싸워 가며 많이 강해졌다고 생각했다. 비록 몽마에 의해 헤매긴 했지만, 강해지겠다는 일념 하나로 숱한 전투를 치러 온 그녀였다.

하지만 그게 다 무슨 소용인가.

다시 위기가 닥쳐와도 그녀가 강서준을 위해 할 수 있는 건 단 하나도 없었다.

그저 응원…….

기다리는 것뿐이었다.

"아직 끝은 아닐지도 몰라요."

그때 켈이 허공을 응시하더니 나지막이 말했다. 고개를 돌린 최하나도 한쪽에서 피어나는 붉은 빛을 확인할 수 있었다.

아마 켈이 봤다는 그 징조였다.

켈은 바로 일행을 중심으로 동그랗게 에어쿠션을 펼쳤다.

세상이 흔들린 건 금방이었다.

쿠우우우우웅!

쿠우우웅!

이번엔 종전보다 훨씬 강한 세기로 휘몰아쳤다. 무언가가 지붕을 꾹꾹 누르는 것처럼 압력도 느껴지는 게 다소 터무니없었다.

"강서준 씨……!"

그때.

거짓말같이 세상이 반전되면서 그들의 몸이 천장으로 솟구치기 시작했다.

정확하게 말하자면 '차원 서고'가 통째로 뒤집히기라도 했는지, 천장은 어느덧 그들의 바닥이 되어 있었다.

"……모두 꼭 잡아요!"

사방을 보호하는 에어쿠션은 용케 추락의 충격을 막아 줬다.

하지만 그들은 걷잡을 수 없이 굴러가는 차원 서고의 움직임에 적응할 수 없었다.

천장은 바닥이 되고,

금세 벽은 천장이 되었다.

이리저리 굴러다니는 공처럼 차원 서고 내부를 튕겨 다니던 그들의 귓가로 의문의 목소리가 들려온 건 그때였다.

-정신 차려요!

그와 함께 허공으로 어떠한 실루엣이 잡혔다. 영상일까?

그 속엔 한 몬스터를 향해 접근하는 누군가의 시야가 있었다.

최하나는 바로 알았다.

'강서준 씨!'

모르긴 몰라도 강서준은 현재 모종의 공간에서 격렬한 전투를 벌이고 있었다.

츠츠츳!

누군가의 팔이 잘려 나가고 그곳으로 강서준이 달려들며 힘껏 검을 휘둘렀다.

-또 옵니다!

강서준이 겪는 위기의 수위가 높아질수록 차원 서고는 무너질 듯이 거세게 흔들렸다.

최하나는 사방이 수시로 뒤집히는 와중에도 초인적인 집중력으로 영상을 확인했다.

그나마 에어쿠션이 그 주변을 지켜서 가능한 여유였다.

뭐 그조차 힘이 옅어지고 있었지만.

"……에어쿠션이 사라집니다!"

반복된 상황 속에서 켈의 힘이 다한 걸까. 허공에서 방치된 일행은 사방에서 쏟아지는 무수한 책을 온몸으로 부딪쳐야 했다.

더는 강서준의 영상을 제대로 보고 있을 여유가 없었다.

"저, 저한테 붙으세요!"

그때 용감하게 외친 진백호는 손끝으로 물을 생성해 냈다. 그간 켈에게 훈련받은 성과였다.

종전의 에어쿠션처럼 물방울은 일행을 뒤덮을 정도로 아주 크게 자라났다.

……그게 비록 숨은 좀 막혔지만.

호흡을 참는 것쯤은 김훈이나 최하나에게 익숙한 일이었다. 켈도 바람의 정령으로 물속에서도 호흡이 가능한 듯했다.

'영상은?'

다시 허공을 둘러봤지만 이미 강서준의 시점은 끊어지고 없었다.

분명 익숙한 얼굴을 봤던 것도 같은데…… 최하나는 그 실루엣을 상기하며 미간을 찌푸렸다.

　동시에 사방이 어지럽게 무너지던 차원 서고는 차차 잠잠해지고 있었다.

　"끝난…… 걸까요."

　확신하진 못했다.

　붉은 빛이 갑자기 터져 나와도 할 말은 없었고, 다시 세상이 뒤집혀도 그들이 할 수 있는 건 없었으니까.

　겨우 바닥에 내려앉은 일행은 물에 젖은 생쥐 꼴을 했다.

　"대체 뭐였을까요?"

　한편 허공에 나타난 영상을 본 건 최하나가 유일했던 모양이다.

　다른 사람들은 이리저리 부딪치는 통에 영상이 떠올랐는지조차 몰랐다고 한다.

　최하나는 미간을 좁히며 말했다.

　"분명 A급 던전 지하 수로였어요."

　"……드림 사이드 1 말입니까?"

　"네. 미러 이미지를 봤거든요."

　아마 여태 그녀가 겪었던 '튜토리얼 퀘스트'와 닮은 것이다.

　등록증 발급을 위해 한 공간을 다시 경험하는 것처럼, 그도 어떤 시점을 다시 보고 있는 것이리라.

"……부디 별일 없어야 할 텐데요."

다시 잠잠해진 걸 보면 어떻게든 위기는 넘긴 게 아닐까.

그리 추측하며 한숨을 내뱉던 그녀였다.

문득 그녀의 눈에 바닥에 어지럽혀진 책들 중, 물에 젖은 한 권의 책이 보였다.

"으음?"

　　드림 사이드 개발일지

대박을 발견한 것 같다.

강서준은 눈을 몇 번 깜빡였다.

목적이 있어서 한 건 아니다.

숨을 쉬듯 당연하게 눈을 깜빡이며 주변을 둘러봤다. 긴 잠에 빠졌던 것처럼 온몸에 무기력감이 감돌고 있었다.

"정신이 드느냐?"

점차 몸의 감각이 생생하게 살아나고, 양팔이 자유롭지 못하단 사실을 깨달았다.

호크 알론은 어깨를 으쓱이며 말했다.

"상태는 괜찮아 보이는군."

"……."

"그럼 다음으로 넘어가 볼까."

선명해진 시야로 생소한 것들을 확인할 수 있었다. 일단 여긴 'A급 던전 지하 수로'의 풍경이 아니었다.

목제 책상, 허름한 침대…… 다소 어둡긴 해도 던전이라 보기엔 너무 평화로웠다.

이곳이 어딘지는 금방 파악할 수 있었다.

['호크 알론의 비밀 침소'에 진입했습니다.]

그리고 새삼스럽게 그를 내려다보는 한 사람의 강렬한 시선을 느낄 수 있었다.

'뭔가 잘못돼도 단단히 잘못됐군.'

호크 알론.

드림 사이드 1의 주요 인물이자, 알론 제국의 황태자라 불리는 자.

그는 대뜸 강서준의 목에 검을 가져다 대며 입을 열었다. 차가운 금속이 느껴지자 더욱 감각이 빠르게 정신을 차렸다.

"나도 너에게 이러는 건 썩 유쾌하진 않아. 그러니 똑바로 답해야 할 것이야."

"……저한테 이러시는 이유가 뭐죠?"

"너에게 질문은 허락하지 않았어."

그때 호크 알론의 검이 무자비하게 강서준의 어깨를 푸욱 파고들었다. 차가웠던 감각이 금세 뜨겁게 변하고 통증이 밀려왔다.

"크윽⋯⋯."

물론 길진 않았다.

어깨를 찔렀던 검이 뽑혀 나가자 피분수가 일었지만, 금세 어깨는 회복해 버렸기 때문이다.

[스킬, '초재생(F)'을 발동합니다.]

자잘한 상처쯤이야 무시할 수 있는 트롤 같은 회복력. 일전에 봉인을 모조리 해제시킨 덕에, 강서준은 본신의 스킬을 모두 사용할 수 있었다.

호크 알론은 다시 강서준의 목을 겨눴다.

"신임기사 루디 돌포스. 키몬 영지의 구석에 있는 산골에서 나고 자랐으며, 평민치고는 뛰어난 잠재력을 인정받아 제국의 기사단으로 입단했다. 맞느냐?"

"⋯⋯그렇습니다."

호크 알론의 눈썹이 순간 꿈틀거렸고, 동시에 강서준은 빠르게 상태창을 확인한 뒤 입을 열었다.

"정확하게는 키몬 영지가 아니라, 마일스 영지입니다. 남쪽의 따뜻한 항구요."

하지만 호크 알론은 여전히 의심의 눈초리를 풀지 않고 있었다.

강서준은 입술을 잘근 깨물며 다시 입을 열었다.

"그나저나 제가 왜 이렇게 묶여 있는지 이유라도 알고 싶습니다."

그가 큰 죄를 지었던가.

지하 수로에서 호크 알론을 만난 일은 우연이었고, 이후로 크게 의심을 살 만한 행동을 하진 않았다.

조금 찝찝한 게 있다면 던전에 대해서 너무 잘 아는 듯한 분위기를 풍겼다는 건데.

그 또한 '간파'로 잘 넘어가질 않았던가. 호크 알론은 눈을 빛내며 물었다.

"정말 몰라서 묻는 것이냐?"

"……저는."

"우선 넌 보고되지 않은 스킬을 보유하고 있다. 모든 것이 투명해야 할 제국의 기사에겐 그것만으로도 의심의 대상이 될 수 있지."

미간을 좁히며 호크 알론을 올려다본 강서준은 여러 스킬을 떠올릴 수 있었다.

그중 가장 티가 나는 스킬이 있다.

'초재생 때문인가.'

하기야 루디 돌포스가 잠재력이 뛰어난 검사였지만, 상처를 스스로 회복하는 스킬은 가지질 못했다.

'근데 포션 치료를 하기도 전에 저절로 회복해 버리고 만 거겠지.'

초재생은 의식적으로 회복을 더디게 만들 수 없었다. 그의 스킬 등급도 F급밖에 안 되어 조절할 수도 없다.

"또한 이상하리만치 침착하더군. 지금도 그래. 조금도 당황하질 않아. 고도의 훈련을 받은 게 아니고서야……."

이건 '천무지체'의 성능이다.

전투에 최적화하려면 당연히 늘 평정심을 유지하고 있을 수밖에 없었다.

"물론 수련이 깊으면 평정심이야 유지할 수야 있겠지. 하지만 네놈도 곧 진실을 말하게 될 거야."

호크 알론이 눈에 쌍심지를 켜자, 눈앞에 나타난 메시지가 있었다.


[상태 이상 '자백'을 유발하는 특수 독 '슈테른의 꽃잎'에 중독되었습니다.]

[장비 '진실의 성물 : 이루리'를 확인했습니다.]

[상태 이상이 무효화됩니다.]


슈테른의 꽃잎은 '환상'을 보여 주어, 복용자의 정신을 뒤흔들어 버리는 일종의 자백제.

하지만 어지간한 환상 공격엔 면역이 있는 그였다. 강서준의 눈앞은 잠시 흐려졌다가 다시 원상복구됐다.

그나저나 종전에 찔러 넣은 검에 '독'이라도 묻혀 놨었던 모양이다.

슈테른의 꽃잎이라…….

'생각보다 치밀한데…… 이렇게 치밀할 줄 알면서 예전엔 왜 그리 쉽게 죽은 거야?'

속으로 혀를 찬 강서준은 잠시 몽롱한 척 눈에 힘을 풀었다. 독이 먹히질 않았다는 걸 호크 알론에게 알릴 필요는 없었다.

"답해라. 네놈의 이름은?"

"루디…… 돌포스입니다."

"소속은?"

"제국기사단의 하수처리장 탐사 B조로 들어갔고, 아직 정식으로 발령된 기사단은 없습니다."

"이곳에 들어온 목적은?"

"제국을 수호하기 위함입니다."

자백제까지 사용한 뒤에 물어본 질문이었기 때문일까. 호크 알론은 미간을 구기면서도 더는 말을 잇진 못했다.

의심은 있어도 확실한 증거가 없으니, 무어라 더 물을 수조차 없을 것이다.

결국 호크 알론은 본론으로 들어갈 수밖에 없었다.

"네놈…… 아버지와 무슨 관계지?"

아버지?

그제야 강서준은 호크 알론이 그를 묶어 둔 저의나, 이토록 예민하게 반응하는 이유를 알 수 있었다.

14층의 미러 이미지를 상대할 때, 그는 부득이하게 황제의 스킬인 '태산 가르기'를 사용했더랬다.

'위급한 상황이라 해도 역시 감추는 게 좋았으려나…….'

과거를 후회한들 현재를 바꿀 수는 없다. 강서준은 여전히 사나운 눈초리를 한 호크 알론을 올려다봤다.

그가 서늘한 눈초리로 입을 열었다.

"대체 어떻게 비전검술을 알고 있는 거지?"

"……."

"정말 아버지의 사생아인 것이냐?"

무어라 답해 줄까.

여러 답변이 떠올랐지만, 사실 그가 할 수 있는 답안은 정해져 있었다.

느닷없이 멜빈 알론의 사생아라고 말할 수는 없었으니까.

"간파로 보았……."

"거짓말이다."

윽박을 지른 호크 알론은 더욱 맹렬하게 살기를 끌어올렸다. 묵직한 살기가 어깨를 짓눌러 강서준의 숨통을 꽉 묶어 놨다.

"고작 스킬 하나로 하늘과 땅, 그리고 바다의 이치를 담은 '천지해'를 따라 할 수 있을 리가 없다."

"……네?"

[스킬, '천지해(L)'에 대한 정보를 습득했습니다.]

부득이하게 나타난 메시지에 당황하는 사이, 호크 알론은 아예 단정 지으며 말하기 시작했다.

"황자의 신분을 숨겨가며, 제국의 기사단에 숨어든 목적이 뭐지? 무슨 속셈으로 이곳으로 온 것이냐."

"……!"

"쯧. 도통 제대로 된 답을 하질 않는군. 하기야 아버지에게 직접 검술을 사사했다면 슈테른의 꽃잎도 통하지 않겠지."

자문자답하던 호크 알론은 강서준을 향해 사나운 시선을 거두질 않고, 다시 입을 열었다.

"네놈이 아버지의 사생아든 뭐든, 사실 크게 중요하진 않다. 멸망을 앞둔 세계에서 그딴 건 아무래도 좋으니까."

"……."

"하나 끝까지 진실을 말하지 않는 점은 괘씸하다. 네놈같이 비밀이 많은 자는 썩 마음에 들지 않아."

이젠 완전히 그를 '사생아'라 믿는 눈치였다. 혼자서 북 치고 장구 치고, 이젠 자진모리장단으로 뮤지컬까지 할 기세다.

슬슬 저 녀석의 단점이 뭔지 알 수 있었다.

'지레짐작하는 건 유전인가.'

멜빈 황제가 관리자를 믿질 못하고, 지레짐작으로 케이를 죽이고자 했던 일.

그 탓에 세계는 멸망했다.

호크 알론은 감옥을 나서며 말했다.

"곧 돌아올 것이다. 그땐 진실을 말했으면 좋겠군."

그리고 한참을 지나도록 그는 돌아오지 않았다.

한쪽 창으로 어스름한 달빛이 새어 들어올 즈음일 것이다.

침대에 구속되어 잠시 방치되었던 강서준은 나지막이 느껴진 인기척에 눈을 떴다.

'참 빨리도 오는군.'

금방 돌아올 것처럼 굴었던 주제에 새벽이 되어서야 돌아오다니.

하지만 고개를 들어 확인한 남자는 호크 알론이 아니었다.

"……엥?"

또한 NPC조차 아니었다.

미간을 좁혀 얼굴까지 전부 확인한 강서준은 고개를 갸웃했다.

대체 어떻게 여기에 그가 있는 걸까.

"켈?"

분명 진백호에게 정령술을 가르쳐 달라고 부탁했던 랭킹 11위의 켈.

차원 서고에 있어야 할 그였다.

"NPC 주제에 날 바로 알아보는 걸 보니 역시 당신도 이쪽 사람인 모양이군."

"……네?"

켈은 가볍게 혀를 차면서 쭉 훑었다. 분석이라도 하듯 아래에서 위를 살핀 그가 말했다.

"꽤 젊고."

"…….."

"생각보다 더 멍청해 보이고."

느닷없이 나타나 하는 말이 그것이었다. 강서준은 고개를 갸웃하며 켈을 쭉 살펴봤다.

그러고 보면 뭔가 이상했다.

분위기도 그렇고, 말투도 미묘하게 얄미운 것이 아예 다른 사람 같았다.

'옷차림도 달라.'

걸치고 있는 외투는 에베레스트를 등반하기엔 너무 얇았고, 얼핏 보이는 장비들의 수준도 생각보다 너무 높았다.

380제 귀걸이에, 370제 갑옷…….

하나같이 현재의 켈이 입을 수조차 없는 수준의 장비. 애초에 그는 섭종 보상으로 신발과 정령석, 장갑을 들고 왔다고 하질 않았던가.

켈은 시선에 경멸을 담으며 말했다.

"모자라거나 멍청하거나…… 둘 중 하나만 해 줄래요?"

"……갑자기 무슨 소리입니까."

"전 당신처럼 모자라고 멍청한 사람이 싫습니다. 뭘 하려거든 잘 해내기라도 할 것이지. 이게 뭡니까?"

묘하게 어긋난 대화였다.

또한 강서준은 눈앞의 켈이 그가 알던 켈이 아니라는 사실도 알 수 있었다.

말하자면 이자는…….

'드림 사이드 1의 켈이다.'

곰곰이 생각해 보면 저 복장은 '켈'이 주로 입던 정령 장비들이었다.

즉 눈앞의 켈은 1에서 그저 게임을 즐길 뿐이던 '켈'로 도출할 수 있을 것이다.

이론상 가능하다.

'여긴 과거의 드림 사이드니까.'

정확하게 말하자면, 스킬북으로 인해 재구성된 세계. 어쨌든 플레이어를 만나도 이상하진 않다.

하지만 의문이 남는다.

'켈이 왜 여기에 있지?'

차원 서고에서 진백호에게 정령술을 가르치고 있을 켈이 아니더라도 이상한 일이다.

'플레이어 켈'이 대관절 호크 알론의 비밀 침소로 어떻게 찾아온 걸까.

이곳에 퀘스트라도 있는 걸까.

흐름상 유추할 수 있는 건, '루디 돌포스'가 '켈'과 아는 사이일지도 모른다는 것 정도였다.

'아니야. 켈은 루디 돌포스를 처음 보는 눈치야.'

강서준은 머리를 빠르게 굴렸다. 하지만 상황에 대한 이해보다 켈의 말이 더 빨랐다.

"곧 황제로부터 퀘스트가 발주될 겁니다. 아마 호크 알론은 지하 수로로 파견을 나가겠죠."

"……퀘스트라고요."

"이참에 당신도 도와야겠습니다. 무슨 수를 썼는지는 몰라도 호크 알론의 호의를 산 건 유용한 일이니."

이게 호의라면, 호크 알론은 사이코패스가 분명하다.

어쨌든 그의 말에 담긴 저의를 파악하고자 켈을 올려다봤지만, 그 속내는 결코 드러나지 않았다.

"물론 호크 알론이 강하다는 건 압니다. 보통 인물이 아니죠. 그러니 철저하게 준비했습니다. 이번엔 그냥 넘어가지 못해요."

도통 이해할 수 없는 말을 늘어놓는 켈은 곧, 용무가 끝났
는지 몸을 돌렸다.

강서준은 다급하게 입을 열었다.

"잠깐…… 이해가 안 됩니다."

"어려워요? 나름 쉽게 말한다고 한 건데."

"대체 왜 이런 짓을 벌이는 거죠?"

아무리 생각해도 이상한 일이다.

켈이 이 자리에 돌연 나타난 것부터, 느닷없는 소리를 지
껄이는 것까지.

대체 무슨 생각인 거지?

'확실한 건 이 모든 상황은 과거에서도 비슷하게 벌어졌다
는 거야.'

켈은 미간을 찌푸리며 나지막이 말했다.

"이분 머리도 다쳤나."

머리를 긁적이던 켈은 한숨을 푹 내쉬더니 강서준의 어깨
를 꾹 누르며 말했다.

"닥치고 내 말 들어요."

"……."

"적당히 나대다 알아서 뒈지라고. 이번 일만 잘해 내면 다
음 생에는 잘 챙겨 줄 테니까."

다음 생……?

"그러면 알아들은 걸로 하고……."

"그게."

"쓰읍!"

켈은 진심으로 살기를 쏘아 내며 강서준을 노려봤다. 그때 바깥쪽에서 또 다른 인기척이 느껴졌다.

묵직한 발걸음.

아마 '호크 알론'의 인기척일 것이다.

켈은 바깥쪽으로 고개를 돌렸다가 다시 강서준을 향해 시선을 고정했다.

"됐습니다. 어차피 당신은 보험 중 하나니까. 만에 하나라도 이번 작전은 실패하지 않을 겁니다."

그러더니 인벤토리에서 뭔가를 꺼내어 얼굴에 썼다. 터무니없지만 그건 강서준의 눈에도 상당히 익숙한 물건이었다.

하얀 가면.

울고 있는지 웃고 있는지 모를 표정.

그는 창가로 다가가 '바람의 정령'을 소환해, 두둥실 떠오르며 말했다.

"그러면 잔업 수고하세요."

# 만약의 이야기

예상대로 뒤이어 들어온 사람은 호크 알론이었다. 그는 밖에서 무슨 일이라도 있었는지 꽤 수척해진 얼굴이었다.

"깨어 있었군."

"네, 뭐⋯⋯."

그는 거두절미하더니 말했다.

"너의 처우가 결정됐다."

종전까지 이곳에 '켈'이 있었다는 사실은 눈치채지 못하는 걸까. 훤히 열린 창문으로는 시선도 주질 않고, 호크 알론은 제 할 말만 이었다.

"신임기사 루디 돌포스. 일단 '무죄 방면'이다. 현시간부로 너의 혐의는 모두 없어진다."

"……오해가 풀린 겁니까."

"그래. 하지만 난 널 받아들일 생각이 없다."

호크 알론의 눈엔 강서준을 향한 적개심이 살짝 도드라졌다. 아무래도 현 상황이 썩 마음에 들진 않는 듯했다.

"그저 사생아(私生兒)라는 이유로 너를 구속한다는 게 불합리한 일이라는 점을 인정할 뿐이다."

"……그거 아니라니까요."

"그러므로 난 루디 돌포스, 너를 계속 주시할 것이다."

어쨌거나 호크 알론은 강서준의 손목을 묶어 놨던 수갑을 풀어 줬다. 간만에 자유를 찾은 손목이 약간 뻐근하게 느껴졌다.

"루디 돌포스."

"……네."

"말했듯 아직 난 너를 믿지 못한다. 정당한 대우를 바란다면 당장 기사단에서 나가는 게 좋을 거야."

호크 알론은 바깥을 향해 모종의 신호를 보냈다. 그러자 쭈뼛대면서 안으로 들어온 한 남자가 있었다.

"앞으로 이자가 널 담당한다."

"……에일 님."

"또한 너의 능력은 지하 수로에서 유용하다는 결론이 나왔다. 너도 이번 원정에 참여해야 할 거야."

호크 알론은 서늘한 목소리로 말했다.

"우선 너의 쓸모부터 증명해라. 향후 거처는 그것으로 판단하지."

불완전한 자유였다.

✦

생각해 보면 '무죄 방면'은 예정된 수순이었는지도 모른다. 아무래도 '켈'이 뭔가 수작을 부린 듯했으니까.

'분명 일을 도와 달라고 했지.'

켈은 강서준이 호크 알론을 도와 원정에 참여하게 될 거라는 사실을 아는 눈치였다.

그게 썩 당연하다는 말투였다.

'대체 뭘까……'

강서준은 켈이 가방에서 꺼내어 썼던 하얀 가면을 떠올릴 수 있었다.

어찌 그걸 모르겠는가.

게임에서 수도 없이 봤으며, 현실에서도 질리도록 마주하며 싸웠던 놈들의 표식인데.

'어떻게 켈이 컴퍼니의 가면을 갖고 다니는 거지?'

불길했다.

머리끝이 쭈뼛 선 기분에 왠지 소름이 돋았다. 단순히 위기 감지가 발동한 건 아니었다.

그저 그의 감이…… 불안하다고 말하고 있었다.

'그게 뭐든 알아내야겠어.'

아무래도 과거의 드림 사이드에는, 강서준이 미처 파악하지 못했던 어떤 비밀이 숨겨져 있는 듯했다.

그것도 '켈' 그리고 '컴퍼니'와 관련된 무언가가 말이다.

'게다가 다음 생이란 말을 썼어.'

강서준의 눈빛은 침잠했다.

오만 가지의 추측이 떠올랐고, 그중 몇 개의 불길한 결론도 내릴 수 있었다.

하지만 쉽게 단정 짓진 않았다.

일면만 보고 확신하는 우를 범해선 안 될 일이니까. 이 게임이 그리 단순한 구조로 이뤄진 게 아니다.

일단 그가 해야 할 일은…….

'켈의 의도대로 움직이는 거겠지.'

물론 이유는 그뿐이 아니다.


[전직 퀘스트의 내용이 변경되었습니다.]

[A급 던전 '알페온의 지하 수로' 공략 작전에 참여하십시오.]


황실 기사단에 들어가는 것 이외의 새로운 루트가 나타났다.

더는 뺄도 박도 못할 일이었다.

'……무엇보다 NPC들끼리 지하 수로를 공략했었다는 정보는 처음 들어. 이건 플레이어에게도 공유되질 않은 NPC만의 이벤트인 거야.'

즉 '플레이어'가 알지 못한 정보는 바로 이번 원정에서 드러날 것이다.

강서준은 생각을 정리하며, 알론 제국의 도심을 가로질렀다.

뒤따른 에일이 물었다.

"자꾸 어딜 가느냐."

"……제 자유인데요."

"네놈은 아직 특별 관리 대상이라는 사실을 제대로 이해하진 못하는 모양이군. 수상한 행동은 자제해야 할 거야."

"감시 대상이겠죠. 눈에 불을 켜고 제가 저지를 잘못을 기다리고 계신 게 아닙니까."

"크흠……."

호크 알론은 강서준에 대한 의심을 풀지 않았다. 그가 풀려난 데에는 아무래도 '알 수 없는 알력'이 작용한 듯했다.

애초에 풀릴 의심도 없다.

호크 알론은 그를 황제의 사생아라 결론지었고, 좀 더 확실한 증거를 잡길 원했으니까.

"뭐 걱정 마세요. 에일 님이 보는 앞에서 제가 수상한 짓을 하겠습니까."

잘 닦인 대로를 따라 걷다 보니 어느덧 이른 아침임에도 수많은 사람들이 오가는 장소까지 도달할 수 있었다.

에일은 약간 께름칙한 얼굴을 했다.

"플레이어 영역엔 무슨 일로 온 거지? 수상하구나."

"그건 보면 알아요."

한편 플레이어 영역이라 불리는 동쪽 지구를 쭉 둘러본 강서준은 쓰게 웃을 수밖에 없었다.

이런 광경은 또 처음이었다.

에일이 왜 똥 씹은 표정을 짓나 했더니만, 확실히 이곳은 NPC들에게 께름칙한 장소가 될 법했다.

'감정이 없는 로봇들 같군.'

플레이어는 하나같이 똑같은 얼굴로 걸어 다녔다. 생김새는 달라도 표정의 변화가 없으니, 모두 인형처럼만 느껴졌다.

심지어 알아듣지도 못하는 말들을 입 밖에 꺼내는 이들도 심심치 않게 발견할 수 있었다.

"@@@@@@선제시, 고블린의 신발 +3 @@@@@@@@@@."

"@@@@@@@@@@무기 닦아 드립니다. 날카로움 특성 붙음! @@@@@@@@@."

알 수 없는 말 속에서 들려온 몇 가지 대사로, 상황을 유추해 볼 수는 있었다.

아마 이들은 '채팅'을 하고 있다.

키보드로 입력한 특수문자가 입 밖으로 나온 경우였고, 저리 괴상한 말투로 이어질 수밖에 없는 것이다.

또한 표정이 없는 이유도 납득한다.

'플레이어의 진짜 얼굴은 이곳에 넘어오지 못하니까.'

이곳의 플레이어는 하나같이 아바타를 활용하여, 그저 '게임'을 하고 있을 뿐이다.

그들에게 이 마을의 의미는 NPC들에게 퀘스트를 받는 곳이며, 장비를 점검하고 물건을 사고파는 거래의 장에 불과했다.

강서준은 한쪽에서 갑자기 춤을 추기 시작한 몇몇의 플레이어도 발견할 수 있었다.

'……감정 표현이군.'

아마 저게 플레이어가 보여 줄 수 있는 유일한 표정일 것이다.

돌연 마을 한복판에서 '인싸춤'이나 '복고춤' 따위를 추는 것.

허공에 혼자 제스처를 취하는 것.

모두 플레이어가 게임 속에서 보여 줄 수 있는 유일한 감정 표현이었다.

'에일의 기분을 잘 알겠어.'

또한 과거의 호크 알론이나 멜빈 알론이 플레이어를 죽여, 세계의 주도권을 가져야 한다고 확신한 이유도 납득할 수 있었다.

플레이어의 상태가 이렇다면…….

그라도 당장 케이의 목을 꺾어 불안함을 없애고 싶을 것이다.

제아무리 강자라 해도 인형같이 감정이 없는 사람에게 제 목숨을 맡기고 싶은 사람은 없으니까.

"그래서 무슨 속셈이더냐?"

에일의 가시 박힌 말을 기점으로 상념을 지운 강서준은, 동쪽에서도 가장 많은 사람이 모인 곳을 바라봤다.

게시판이 하나 있었다.

"생각해 보니 지금의 저라면 할 수 있는 일이 있더라고요."

씨익 웃은 강서준이 게시판으로 다가가자 마치 홍해가 갈라지듯 플레이어들이 양옆으로 비켜섰다.

그들의 무미건조한 시선이 강서준을 뚫어져라 따라오고 있었다.

분명 표정은 없는 데도, 어떤 생각을 하고 있는지는 누구보다 그가 잘 알고 있었다.

'이벤트라 생각하겠지.'

난생처음 보는 NPC가 돌연 플레이어의 영역에 나타났다. 그리고 바로 '공용 퀘스트 게시판'으로 향하고 있었다.

어쩌면 지금쯤 플레이어들의 인터넷 커뮤니티는 난리가

났을지도 모르겠다.

그만큼 이례적인 일이다.

강서준은 게시판의 앞에 서서 플레이어들을 쭉 둘러봤다. 수많은 시선 속에서 그는 확신할 수 있었다.

그래.

현재의 그라면 가능한 일이 있다.

"퀘스트를 발주합니다."

그는 NPC '루디 돌포스'니까.

아마 이게 현시점에서 그가 할 수 있는 최대한의 '반전'이 되어 줄 것이다.

⚜️

만약에 말이다.

"하나야. 오늘 특히 중요한 거 알지? 마지막 공연이라고 긴장 풀지 말고, 유종의 미를 거둬야지. 알겠지?"

과거의 그날, NPC 루디 돌포스의 돌발 행동이 세간의 주목을 끌었다면 과연 어땠을까.

"하나야? 아까부터 대체 뭘 보는…… 어? 야! 너 핸드폰 어디서 났어!"

돌연 동쪽 게시판에 나타난 의문의 기사 NPC. 그로부터 파생된 특수한 이벤트 퀘스트!

무려 A급 던전을 공략하는 파티원을 모집하는 퀘스트는, 커뮤니티를 유난히 뜨겁게 불태웠다.

그리고 일할 때를 제외하면 오직 드림 사이드만을 생각하던 최하나도, 당연히 커뮤니티를 확인할 수 있었다.

"오빠. 오늘 막방인 건 저도 알아요."

"그래. 그러니 핸드폰은 나중에 하자. 응? 너 또 드림 사이드 커뮤니티를 보는 건 아니겠지? 케이인가 뭔가 하는 놈 영상을 볼 시간에 무대 모니터링이라도 한 번 더 하는 게 낫다고 분명……."

최하나는 고개를 주억거리며 매니저의 말을 잘라 먹었다.

"모니터링도 다 했고, 모든 준비는 완벽해요. 걱정 말아요. 저 프로잖아요."

"……네가 이러는데 걱정을 어떻게 안 해. 응? 하나야. 제발 긴장 좀 하자."

"오빠는 잔소리 좀 줄이고요."

연예인 경력만 몇 년이던가. 최하나는 일할 때와 그러지 않을 때를 확실히 구분 지을 자신이 있었다.

물론 종종 실수해서 방송 사고를 일으킨 적도 있긴 하지만…….

그땐 그때다.

"오빠. 저 곧 휴가잖아요. 착실히 준비하질 않으면 뒤처지고 말 거라고요."

"……너 또 게임만 하려고?"

"연애를 할까요?"

"그건 아니지만."

그렇게 겨우 매니저의 눈초리를 벗어난 최하나는 커뮤니티를 불태우던 소식을 더욱 찾아봤다.

휴식기의 그녀에게 유일한 취미는 게임이었고, 드림 사이드는 그녀에게 가장 큰 위로였으니까.

사실 활동 중에도 몰래몰래 밤마다 컴퓨터를 켰을 정도로 그녀의 노력은 대단했다.

"근데 보상 목록이 신기하네. 공허의 열쇠? 설마 '공허 던전'과 관련된 물건인가?"

그게 커뮤니티가 불타는 이유였다.

갑자기 발생한 이벤트 퀘스트보다 그 보상 내역…… '공허의 열쇠'란 생소한 이름의 아이템.

누가 보더라도 연계 퀘스트의 냄새가 폴폴 풍겨나는 게 아닌가.

"으으…… 궁금해 미치겠네."

결국 무대의 스탠바이 사인이 들려올 때까지 최하나는 커뮤니티 글을 열렬히 독파했다.

막방이 끝나는 오늘.

그녀는 바로 드림 사이드에 접속할 계획이었다. 밤을 새워서라도 못 했던 사냥을 보충해야 하니까.

그리고 그건 같은 시각……

다른 공간에서도 벌어지는 일이었다. 한 남자가 스마트폰을 내려다보며 쓰게 웃었다.

"……공허의 열쇠라고?"

다크서클이 길게 내려앉은 얼굴로 커뮤니티를 둘러보던 청년.

"이게 여기에 있었나?"

긴 일과를 마친 뒤였다.

그는 천근처럼 무거운 몸을 이끌고 곰팡이가 핀 반지하로 내려갔고, 대충 몸을 씻었다. 달달거리며 구동된 컴퓨터는 익숙한 화면을 띄운다.

드림 사이드.

그의 전부이자, 유일한 성과.

한동안 깡패들에게 숨어 지내느라 제대로 뭘 할 수도 없었을 때, 그에게 큰 위로가 됐던 게임이었다.

상태가 나아지고도 결코 접을 수 없었던 그의 취미였다.

"공허의 열쇠라…… 드디어 찾을 수 있겠구나."


[당신의 꿈을 이루어 주는 드림 사이드!]

[환영합니다. 이곳은 '판타지 아일랜드 에어리어'입니다.]

[플레이어, '케이'가 로그인했습니다.]

그래.

이 모든 건 '만약'의 일이다.

어쩌면 벌어졌을지도 모르는 일.

그저 '스킬북'으로 파생된 세계였고, 차원 서고에 의해 재현된 세상일지라도.

과거의 기록으로 재생되는 퀘스트는 플레이어의 선택에 의해, 그에 따른 반응을 보이기 마련이니까.

즉 이건 현실에서 기록되지 않았으며, 과거조차 될 수 없는…….

그저 스킬북에 의해 재현된 세계.

하지만 현시점의 강서준이 루디 돌포스로서 해 버린 선택에 의해, '만약의 이야기'는 새로 파생되어 나타날 것이다.

# 태산 가르기

이튿날 새벽.

강서준은 알페온의 시계탑으로 은밀하게 접근하는 한 기사단의 뒤를 쫓고 있었다.

시각은 대략 새벽 2시.

작전의 개시까지 30분 정도 남은 시점이었다.

호크 알론은 급조한 병영을 쭉 살펴보더니 강서준에게 다가와 말을 걸었다.

"플레이어를 끌어들였다지?"

에일이 그새 일러바친 걸까. 그나마 다행이라고 할 건 크게 책망하는 낌새가 보이질 않는다는 것이다.

"플레이어는 계획에 없던 일이야. 무슨 생각으로 그들을 끌어들인 거지?"

호크 알론의 물음에 강서준은 어깨를 으쓱이며 뻔뻔하게
답했다.

"아무렴 상관없던 게 아니었습니까?"

모르긴 몰라도 호크 알론이 마음만 먹었다면, 강서준이 퀘
스트를 뿌리기 전에 막을 수도 있었다.

하지만 호크 알론은 플레이어 영역으로 향하는 강서준을
막지도, 그렇다고 무어라 훈수를 두지도 않았다.

그저 내버려 뒀다. 왜 그랬을까.

예상대로 호크 알론은 고개를 주억거리며 답했다.

"그래. 일개 플레이어가 간섭한들 상황이 바뀌진 않지. 슬
슬 밝혀지던 시점이었으니 순서의 문제였고."

실제로 지하 수로에 대한 정보는 몇몇의 플레이어에게 이
미 간파된 상태였다.

해서 강서준이 구태여 나서질 않았더라도 머지않아 플레
이어들은 귀신같이 지하 수로를 찾아냈을 것이다.

과거에도 그러했으니까.

그 시기가 조금 더 빨라졌을 뿐이다.

"하지만 의도가 궁금해."

"흐음……."

"굳이 나서서 퀘스트를 발주한 건 너의 독단이다. 또한 퀘
스트의 내용 중 거짓된 정보를 흘린 것도 너의 계획이지.

……대체 무슨 생각이지?"

그의 질문에 강서준은 일단 한 가지를 짚고 넘어가기로 했다.

"거짓된 정보를 흘린 적은 없습니다."

"……그래. 네놈이 플레이어들에게 알린 입구는 하수처리장에도 있으니, 틀린 말은 아니야. 하나 그곳의 입구는 오직 1층으로 연결되어 있어."

현재 NPC들이 집단으로 모여든 장소는 알페온의 시계탑이었다.

그리고 이곳을 통해야만 이전에 공략해 뒀던 15층의 안전지대로 진입할 수 있었다.

즉 플레이어들에게 알린 하수처리장은 제대로 된 입구가 아니었다.

강서준은 어깨를 으쓱이며 말했다.

"그렇기에 그들을 하수처리장으로 안내한 것입니다."

"……이유는?"

"그들은 미끼니까요."

강서준은 눈을 빛내며 호크 알론의 시선을 마주했다. 그는 눈빛으로 강서준에게 답을 재촉했다.

"제가 알아낸 바로는 지하 수로는 어떤 곳이든 유기적으로 연결되어 있다는 겁니다."

"……확실히 14층의 층간 보스는 그러했지."

"네. 그러니 1층으로 진입하는 플레이어의 집단은 던전의 시선을 빼앗을 수도 있다는 거죠."

많은 플레이어가 1층으로 진입해 줄수록 던전은 NPC들에게 가할 관심을 흘려줄 것이다.

그만큼 던전의 난이도는 낮아질 것이며, 이게 그가 노리는 꼼수였다.

호크 알론은 잠시 말이 없다가 나지막이 입을 열었다.

"그런 사실을 어찌 알았는지는 물어도 대답해 주진 않겠지."

"……간파로 알았습니다."

"그놈의 간파, 만능 스킬이구나."

강서준은 쓰게 웃으며 호크 알론의 시선을 일별했다. 사생아라고 오해를 해도 무작정 그를 나쁘게만 보진 않는 듯했다.

"루디. 난 아직 너를 인정하진 못한다. 하나 너의 능력은 가히 황제의 핏줄이라 할 법했지."

"너무 띄워 주시는 군요."

"기대하마. 숨겨 둔 황자의 실력을."

물론 무엇이든 증명하질 못한다면 당장이라도 죽일 기세로 노려보는 저 시선만 뺀다면 말이다.

A급 던전 '알페온의 지하 수로'의 15층.

진입과 동시에 밀려온 건 안전지대로 부르기 힘들 정도로 역한 냄새였다.

똥통이라 해도 어색하지 않는 장소.

'실제로 하수구를 모티브로 만들어진 던전이니까.'

바닥에 흐르는 건 누군가의 오물이고, 벽면에 굳은 건 오래되어 썩어 버린 것들이다.

이곳은 그저 몬스터가 나타나지 않을 뿐, 생활을 윤택하게 만들어 줄 무엇도 존재하지 않는다.

"익숙해져야 할 것이다. 이곳이 앞으로 우리들의 유일한 휴식처가 될 터이니."

호크 알론은 코가 마비된 사람처럼 당당하게 가방에서 음식을 꺼내어 먹었다.

냄새만 맡아도 식욕이 확 떨어지는 장소였지만, 황태자가 앞서서 행동하니 다른 기사들도 별수 없이 각자의 음식을 꺼내어 질경질경 씹어 삼켜야 했다.

어쨌든 전투가 코앞이다. 직전에 먹어야 관련된 효과라도 적용되는 법이다.

강서준도 대충 음식을 씹어 삼키며 15층의 한쪽을 바라봤다.

보기만 해도 무시무시한 마력이 흘러나오는 어두운 계단이 있었다.

'진짜 던전은 여기부터겠지.'

단순하게 생각했을 때 30층에 달하는 지하 수로는 15층에 도달하면, 반은 도착했다고 여길 것이다.

하지만 그건 하나만 알고 둘은 모르는 얘기.

아마 여태까지의 난이도를 생각해서 16층을 도전한다면, 누구든 크게 낭패를 보게 될 것이다.

'방심하면 안 돼. 여긴 A급 던전이야.'

그리고 이 던전은 16층부터 터무니없을 정도로 그 난이도가 격상된다.

1층에서 15층까지 하루면 도달할 수 있겠지만, 16층에서 17층으로 넘어가려면 일주일은 걸리는 것이다.

플레이어의 역량에 따라 그 기간이 달라지겠지만, 작금의 NPC들이라면 일주일도 최소로 잡은 시간이었다.

'괜찮아. 아직 여유는 있어. 이참에 호크 알론의 검술을 잔뜩 봐 두면 되겠지.'

황실 기사단에 입단해서 언제 만날지 모르는 황제와의 만남을 기약하는 것보다 낫다.

실전은 더욱 큰 교육이 되니까.

또한 이곳에서 일주일 안에 검술을 완전히 이해한다면, 구태여 이 던전을 공략할 필요도 없다.

전직 퀘스트의 제1조건은 스킬북을 독파하는 것뿐이니까.

말하자면 강서준이 '태산 가르기'에 관련된 이해도가 완전해진다면, 지긋지긋한 이곳도 안녕이다.

"그럼 바로 진입한다."

모든 준비를 마친 그들은 어두운 계단을 밟아, 16층으로 내려섰다.

의외로 뻥 뚫린 광장이 먼저 보였고, 한가운데엔 거대한 돔을 확인할 수 있었다.

층간 보스의 방이었다.

"이건 예상하지 못했는데……."

호크 알론의 말을 뒤로하고 돔 내부를 둘러봤다. 큰 의자에 앉아 있는 건 한 마리의 미노타우르스.

16층을 관장하는 층간 보스였다.

놈은 석상처럼 굳어서 움직이지 않고, 가만히 폼을 잡고 앉아 있었다.

"문은 열리지 않는 건가?"

"……이쪽에 뭔가 있습니다!"

층간 보스의 방 앞으로는 원탁이 하나 있었고, 동그랗게 16개의 구멍도 있었다.

호크 알론은 바로 알아차렸다.

"뭔가를 넣어야 하는 거군."

주변을 둘러보니 원탁을 기점으로 동그랗게 벽마다 16개의 터널이 자리하고 있었다.

강서준은 쓰게 웃었다.

'16층의 테마는 미로야.'

개미굴처럼 곳곳으로 어지럽게 펼쳐진 통로에서, 층간 보스의 방문을 열 열쇠를 찾는 것.

도합 16개의 열쇠를 찾는 게 16층을 돌파하는 방법이다.

그렇게 문을 열어, 층간 보스인 '미노타우르스'를 쓰러트려야만 17층으로 내려갈 수 있다.

이곳부터는 수직갱도나 싱크홀조차 존재하질 않으니, 오직 층간 보스를 처치해야만 한다.

한편 호크 알론이 말했다.

"루디. 너의 계획이 통했나 보군."

"......"

"확실히 몬스터가 보이질 않아."

그의 말마따나 16층을 쭉 둘러본 강서준은 슬쩍 고개를 갸웃할 수밖에 없었다.

아무래도 이상했다.

'단 한 마리도 없다고?'

제아무리 플레이어를 끌어들여 관심을 그쪽에 몰았다 하더라도 이건 말이 되질 않는다.

'기척조차 느껴지질 않아.'

묘한 위화감이 일었다.

뭔가 중요한 걸 놓치고 있다는 느낌과 털이 쭈뼛 서는 기분이 동시에 들었다.

'일단 류안으로 확인해 보자.'

백문이 불여일견.

강서준이 눈을 금빛으로 물들이며 빠르게 주변을 살펴볼 때였다.

16층에 흐르는 모종의 마력이 걷잡을 수 없는 속도로 휘몰아치기 시작했다.

"어? 어어?"

정확하게 15층에 있던 기사들이 모조리 16층에 발을 디뎠을 무렵.

발밑으로 모종의 마법진이 생성됐다. 호크 알론이 다급하게 검을 뽑아 들며 외쳤다.

"모두 자세를 갖춰라! 흩어지지 마!"

하지만 그 명령이 무색하게 기사들은 빛과 함께 순식간에 사라졌다.

곳곳에서 벌어지는 일이었다.

그리고 강서준은 상황을 빠르게 이해할 수 있었다. 비교적 최근에 당해 본 일이었으니까.


[A급 던전 '알페온의 지하 수로 16층'의 특수 스킬, '왜곡'을 발동합니다.]

[임의의 장소로 이동됩니다.]

'맙소사…….'

어쩌면 예상했어야 하는 일이다.

지하 수로의 1층은 시작부터 '블랙아웃'으로 플레이어들을 곳곳에 흩어 놨으니까.

하지만 전혀 예상하지 못했다.

간단한 이유였다.

'전엔 없던 일이니까.'

과거의 그가 16층에 들어왔을 땐 이런 함정은 발동했던가. 아니…… 그땐 이딴 귀찮은 함정 따위는 없었다.

'……있었지만 없어진 함정인 거야.'

강서준은 입술을 잘근 깨물었다.

생각해 보면 이곳의 첫 방문자는 플레이어가 아니라, NPC였다.

자고로 함정은 첫 방문자에게 쥐여 주는 선물이나 다름없었고.

츠츠츳!

강서준은 호크 알론의 몸에서도 걷잡을 수 없는 빛이 터져 나오는 걸 볼 수 있었다.

어딘가로 이동된다는 징조!

일단 이를 악물고 달려 호크 알론에게 접근했다.

모르긴 몰라도 그를 붙잡아야 한다.

그래야 함께 이동될 테니까.

"루……!"

하지만 이쪽을 바라보며 소리치던 호크 알론은 한 끗 차이로 눈앞에서 사라졌다.

츠츠츠츳!

동시에 강서준의 몸에도 빛이 터지면서 몸이 붕 뜨는 감각이 일었다. 그도 16층의 어딘가로 이동되고 있었다.

['침묵의 밤굴'에 진입했습니다.]

눈을 다시 떴을 때는 주변엔 빛이 한 점도 없는 어둠투성이의 공간에 홀로 버려져 있었다.

"하필…….”

한숨을 참으며 주변을 둘러봤지만, 인기척은 느껴지지 않았다. 당연한 얘기다. 침묵의 밤굴은 소리마저 어둠에 삼켜지는 미로였으니까.

그나마 다행인 건 '블랙아웃'처럼 그 어떤 감각도 느껴지지 않는 불가해한 공간은 아니라는 점이다.

"대신 이곳엔 몬스터도 있겠지."

타다다닥!

그나마 류안과 영안을 사용할 수 있는 그였기에, 어둠 속에서도 정확하게 윤곽을 볼 수 있었다.

그를 향해 달려오는 한 몬스터.

'사일런스 스콜피언'은 독이 가득 묻은 꼬리를 콱 찔러 대며 빠르게 접근하고 있었다.

'돌겠군.'

문제는 사일런스 스콜피언의 방어력은 강철보다 단단하기로 유명하다는 점이다.

안 그래도 레벨이 부족한 루디의 검은 씨알도 박히지 않는다.

'어둠 속이라 틈을 노리기도 어려워.'

일단 강서준은 초상비로 사일런스 스콜피언의 공격을 피할 수 있었다. 창졸간에 파이어볼도 던져 봤지만 역시나 30센티미터 밖으로 넘어가니 어둠은 불꽃에 삼켜졌다.

'상황이 너무 안 좋아.'

차라리 공격력은 과할 정도로 강할지언정 방어력이 모자란 놈이 나을 것이다.

그런 놈이라면 강서준도 공략할 기회가 있을 테니까.

이놈처럼 방어력이 과할 정도로 높아지면, 그는 공략할 기회조차 없다.

"……우선 여길 빠져나가야 해."

불행 중 다행은 이 던전의 공략법은 모조리 강서준의 머릿속에 담겨져 있다는 것이다.

비록 예기치 못한 함정이라도.

알고 있는 정보에 한하여 그는 어떻게든 활로를 찾아낼 수 있었다.

'침묵의 밤굴을 통과하는 법은 오직 하나야. 그저 속도……'

어둠에 질식하지 말고 빠르게 거리를 주파하는 것. 이곳은 같은 공간에 머문 시간이 길어질수록 출구가 멀어지는 특징이 있다.

쑤우우욱! 콰앙!

근접한 사일런스 스콜피언의 독침을 겨우 피해 낸 강서준은 빠르게 발을 굴렸다.

만약 그에게 힘이 있었다면 이딴 놈을 신경 쓸 것도 없이, 단숨에 부수고 앞으로 나아갔을 것이다.

몬스터를 죽이는 행위는 던전을 빠르게 빠져나가는 것보다, 가산점이 들어가니까.

그게 어둠에 먹히질 않았다는 가장 큰 증거였으니까.

'아쉽지만 지금의 난 도망치는 것 말고는 다른 방법이……'

그때였다.

우우웅!

분명 어둠 속인데도 뭔가가 눈에 밟혔다. 침묵에 사로잡혔어야 할 공간에도 그 소리는 선명했다.

뭘까.

의문을 확인할 겨를도 없이 강서준은 다가오는 검격을 피해 몸을 비틀었다.

정확하게 허공을 양단한 검은 그를 노리고 쫓아오던 사일런스 스콜피언을 일격에 두 동강 냈다.

가히 파격을 넘어서는 공격력!

한편 강서준은 종전의 일격을 상기하며 기함을 토할 수밖에 없었다.

'……태산 가르기.'

분명 그 스킬이었으니까.

숨죽인 어둠을 가르는 공격.

사일런스 스콜피언을 빠르게 양단한 남자는 검광을 번쩍이며 다시 궤도를 비틀었다.

어둠 속에 숨어 있던 또 다른 몬스터는 착실하게 휘두른 그 일격에 양단되고 말았다.

모두 단 일격에 말이다.

스거어어억!

몇 번을 보더라도 감탄밖에 안 나올 솜씨였다. 강서준은 침음을 삼키며 어둠속에서도 빛을 발하는 남자의 검을 눈여겨봤다.

예상은 틀리지 않을 것이다.

'저 기술은 역시 태산 가르기야.'

과연 운이 좋게도 호크 알론이 강서준과 마찬가지로 '침묵의 밤굴'로 이동된 걸까?

강서준은 고개를 가로저었다.

'그게 아니야.'

사방에서 번쩍이는 검광은 어그로에 이끌린 수많은 몬스터를 학살하고 있었다.

아무리 생각해도 그게 너무 이상했다.

'……너무 강하잖아.'

제아무리 태산 가르기가 수준 높은 검술이라 해도, 호크 알론의 수준으로는 16층의 몬스터를 일격에 양단할 수 없다.

여태 같이 싸워 봤기에 누구보다 호크 알론의 실력을 잘 알았다.

불과 며칠 만에 그만큼 성장했을까. 강서준은 그보다 상황을 다르게 이해해야 한다고 판단했다.

'그래. 이 남자는 호크 알론이 아니야.'

슬슬 주변의 몬스터를 전부 베어 버렸는지, 강서준의 반경으로 천천히 걸어 들어오는 실루엣이 있었다.

머리까지 후드를 눌러 쓴 모양새.

하지만 그에게 다가오는 그 걸음걸이와 묘한 분위기는 터무니없는 사람을 떠오르게 했다.

아니, 생각할수록 그밖에 없다.

호크 알론보다 뛰어난 실력으로 태산 가르기를 운용할 자는 이 세계에 오직 한 사람뿐이니까.

'황제…….'

강서준은 입술을 잘근 깨물었다.

그 생각에 확신을 더해 주려는 듯 후드를 아래로 내린 황제는 강서준을 향해 입을 열었다.

"케이, 역시 너라면 올 줄 알았다."

그는 황제 '멜빈 알론'이었다.

⚔

그래서 이게 어찌 된 일일까.

'호크 알론도 아니고 스킬북을 창제한 당사자인 멜빈 알론이라니.'

물론 황제를 만나는 건 기존의 계획에 있던 일이었다.

황실 기사단에 입단하고자 한 이유가 바로 그 때문이니까.

스킬북의 창제자에게 직접 전수받는 게 그 어떤 방법보다 확실하고 효과적인 일이었으니까.

하지만 이건 예상하지 못했다.

'공략조에 황제가 참여했었다니.'

그보다 더 이해가 안 되는 점은 황제가 강서준을 보고 가장 먼저 내뱉은 말이었다.

'날 케이라고 했어.'

현재 강서준은 누가 봐도 NPC 루디 돌포스의 얼굴을 했다. 의심은 받아도 그 정체까지 까발려진 적은 단언컨대 없었다.

그는 '케이'라고 불릴 이유가 없다.

그런데도 확신하는 눈치였다.

황제는 말했다.

"침묵의 밤굴이라…… 마침 수련하기도 딱 좋아."

"잠깐만요. 도통 당신의 말을 이해하질 못하겠어요. 어떻게 날 알아보는 거죠?"

이곳은 스킬북으로 재구성된 세계였다. 또한 황제 멜빈 알론은 '케이'를 다음 세계의 플레이어로만 알고 있어야만 한다.

대관절 무슨 상황인 걸까.

"그야 이 세계에 내 스킬을 알고 있는 자는 오직 셋뿐이지 않은가."

스킬을 창제한 황제, 직접 전수해 준 그의 아들 호크 알론.

마지막으로 남은 건 스킬북으로 전수받은 강서준이었다.

"……설마 당신."

"나한테 뭐라 하진 말게. 모두 아이크의 계획이었으니."

"스킬북에 무슨 짓을 한 겁니까."

결론부터 말하자면, 눈앞의 황제는 과거 시점의 황제가 아니었다. 섭종이 결정된 세계의 백신이었던 황제.

그에게 직접 스킬북을 건네줬던 황제인 것이다.

아마 이 모든 게 가능한 건 아이크의 개입 덕분이겠지.

강서준은 미간을 구기며 물었다.

"이거 치트 아닙니까?"

"관리자가 한 일인데 어찌 그런 상스러운 말을 쓰는가."

"……."

"합법 치트라 합의봄세."

강서준은 머리가 지끈지끈 아파 오는 걸 느낄 수 있었다. 과연 괜찮은 상황인 걸까. 이거.

"괜찮을 걸세. 아이크가 호언장담했으니."

강서준은 쓰게 웃으며 고개를 끄덕일 수밖에 없었다. 관리자가 개입한 일이었다. 어련히 시스템의 눈을 피할 방도를 마련해 놨을 것이다.

'그는 시스템 몰래 킬 스위치도 빼돌리던 사람이니까.'

황제는 쓰게 웃으며 말을 이었다.

"또한 그대가 차원 서고에서 전직 퀘스트의 첫 스킬북을 '태산 가르기'로 선택하질 않았다면 시작하지도 않았을 이야기지."

"조건이 있었습니까?"

"아마 다른 책을 먼저 골랐다면 나는 기억을 각성하질 못

살위0.001%
랭커의귀환

했을 거야."

강서준은 전직 퀘스트의 첫 번째로 여타 다른 F급 스킬을 고를 수도 있었다.

뭐든 첫 단추가 중요한 법.

어쨌든 전직 퀘스트의 첫 퀘스트만 훌륭하게 공략해 내면, 이후에 독파할 스킬북에선 나름의 버프가 생겨난다.

첫 퀘스트의 보상 중 하나에 스킬북의 독파를 돕는 스킬 '독해'가 포함되어 있었으니까.

"그대는 보란 듯이 가장 어려운 S급 스킬을 첫 번째로 골랐어. 가히 케이다워."

강서준은 쓰게 웃으며 고개를 주억거렸다. 강서준은 거두절미하고 가장 어려운 책 먼저 선택한 데에는 다른 이유가 있었다.

'첫 번째로 도전하는 스킬북의 난이도가 높을수록 그만큼 큰 보상을 얻을 수 있으니까.'

데스 리스크 데스 리턴.

죽을 만큼 높은 리스크를 감당해야, 죽을 만큼 좋은 보상을 얻는 게 드림 사이드의 국룰.

이건 차원 서고의 주인이 되는 과정에서도 첫 번째에만 도전할 수 있는 특수한 꿀팁이었다.

강서준은 한숨을 푹 내쉬곤 물었다.

"그래서 위험을 무릅쓴 이유가 뭐죠? 혹시 당신도 백업을 원했던 겁니까?"

"……그건 아닐세. 난 그저 사념이니까."

"사념?"

"말하자면 일부 데이터만 백업해 둔 형태라는 걸세. 나는 재구성된 스킬북 세계를 벗어나질 못해."

뒤이어 황제가 말하길, 이런 방식으로 사념을 남겨 둔 이유는 오직 그의 스킬을 온전히 전수하기 위함이라고 했다.

"태산 가르기는 본디 내 모든 것이 담긴 검술의 일부에 불과하지. 그건 스킬북으로 남겨도 그대의 세상으로 돌아갈 수 없는 수준이야."

"……확실히 태산 가르기는 빙산의 일각이더군요."

호크 알론은 이를 두고 '천지해(天地海)'라고 명명했다. 하늘과 땅, 그리고 바다의 이치를 담은 검술이라나.

'L급 스킬이었지.'

강서준조차 드림 사이드의 말미에 가졌던 몇 안 되는 스킬 등급이었다.

드림 사이드 2로 가져오질 못해 아쉬움이 남는 스킬.

아마 사용 조건이 까다로워 가져와도 쓰지 못했겠지만, 원래 가질 수 없는 건 배 아픈 법이다.

"뭐 내 검술이 허무하게 사장되질 않길 바라는 마음도 크네."

"……무모하군요."

"그것 말고 알려 줄 것도 있네."

"알려 줄 것?"

"이번 퀘스트를 공략하다 보면 차차 알게 될 걸세. 어쩌면 이미 진실을 마주했는지도 모르겠군."

불현듯 최근에 알게 된 몇 가지 불편한 진실들이 머릿속에 아른거렸다. 과거의 플레이어 시점에선 결코 알 수 없는 NPC들의 이야기가 있었다.

그중 컴퍼니와 모종의 관계가 있어 보이는 '켈'에 대해서도.

'내 추측이 틀리지 않는다면 켈은 NPC였어.'

이곳에서 직접 플레이어들을 만나 봐서 알 수 있었다. NPC가 아니고서야 그토록 생생한 표정과 말투는 가질 수 없다.

황제는 어깨를 으쓱이며 말했다.

"슬슬 시작해야겠군. 그대에게 남은 시간이 썩 많질 않아."

그러더니 대뜸 검을 들고 신중한 얼굴을 했다. 호흡을 가다듬더니 천천히 몸을 움직인다.

"지금부터는 두 눈 똑바로 뜨고 봐야 할 게야. 여러 번 펼칠 여유는 없으니까."

"네?"

"가능한 한 외우게."

황제는 마치 춤이라도 추듯 어둠 속에서 검을 이리저리 휘둘렀다. 유려한 검술 속엔 패도적인 기세가 넘실거리고 있었다.

"천지해는 하늘과 땅, 바다를 이르는 말이지."

"나도 한자는 알아요."

"정확히는 하늘을 베고, 땅을 베고, 바다도 베어…… 결국 세상을 베겠다는 내 깊은 포부가 담긴 검술인 게야."

　하지만 일순 황제의 얼굴엔 암운이 감돌았다. 이런 말하긴 뭣하지만 황제는 스스로 깨달은 듯했다.

　결국 하늘을 베고, 땅도 베고, 바다도 베어 낸다는 검술인 '천지해'는 세상을 베어 내질 못했다.

　황제는 자조적으로 웃으며 말했다.

"뭐, 하늘 위에 하늘이 있는 법이니."

　그것이 천외천.

　과거의 황제가 저지른 실수는 오직 하늘 위의 하늘을 제대로 발견하지 못한 것이다.

　그렇게 그의 방심은 세계를 멸망시켰다.

"후우……."

　황제는 상념을 털어 내고 더욱 천천히 검무를 이었다. 심호흡을 한 뒤 바라보는 그의 이마엔 땀이 송골송골 맺혀 있었다.

"자, 따라 할 수 있겠느냐."

과연 검술이란 걸 한 번 보고 그대로 따라 한다는 게 어디 쉬운 일일까.

천재조차 버거울 것이다.

하지만 강서준은 긴 검을 똑바로 들고, 종전에 황제가 취했던 행동을 하나씩 따라 했다.

외워서 하는 게 아니었다.

'아이크…… 고마운 짓을 했어.'

황제의 움직임을 쭈욱 보는 과정에서 별안간 시스템 메시지가 뜬 것이다.

[!]
['알 수 없는 명령어'에 의해 스킬 '천지해'의 묘리가 자동적으로 플레이어 '강서준'의 영혼에 기록됩니다.]

[스킬 '천지해'의 검술 동영상은 언제든지 다시 꺼내어 볼 수 있습니다.]

이른바 아이크의 안배였다.

이렇게라도 하질 않는다면 L급 스킬의 전수는 불가능했고, 이곳을 빠져나간다면 다신 못 볼 황제였으니 검술은 사장되기 마련이니까.

아마 이를 습득하기까지 과정은 긴 시간을 필요로 하겠지만…….

'말도 안 되는 선물을 받았구나.'

언젠가 그는 L급의 '천지해'라는 검술을 습득할 기회가 생겨난 것이다.

한편 황제는 옆에서 저도 모르게 신음을 흘렸다. 그는 묘하게 얄밉다는 듯 강서준을 째려보더니 헛기침을 했다.

"크흠……."

이내 짧게 혀를 찼다.

"재수 없게도 배움은 빨라 진도는 빠르겠구나."

"뭐 그렇죠."

"어쨌든 잘 보거라."

황제는 종전에 펼쳤던 구결 중에서도 '지(地)'에 해당하는 부분을 반복해서 보여 줬다.

모르긴 몰라도 그 스킬엔 호크 알론이 곧잘 사용하던 '맹수의 울음'이 포함되어 있었다.

황제는 말했다.

"숙련된 검사의 검은 맹수의 울음과 같다 하여, 첫 번째 묘리는 맹수의 울음이라 명했지."

검에서 진동한 울음은 마치 맹수처럼 울었고, 슬슬 근처의 어둠을 갈기갈기 찢어 내기 시작했다.

"또한 숙련된 검사의 검은 빛처럼 빠르다 하여, 두 번째 묘리를 광속(光速)이라 명했으니."

검의 궤적에 따라 어둠이 갈려 나갔다. 마치 한 줄기 전격이 검을 통해 휘둘러지는 광경이다.

"마지막으로 숙련된 검사의 검은 결국 태산을 가른다 하여, 세 번째 묘리는 태산 가르⋯⋯."

여기까지 검술을 운용할 때였다.

주변의 어둠이 갈가리 찢어지고, 문득 드러난 던전의 형태에 변화가 생겨나고 있었다.

황제의 스텟이 과할 정도로 높아서 생긴 문제였다. 그는 쓰게 웃으며 용맹한 맹수의 울음을 흘리며 번개처럼 전격을 휘몰아치던 검을 애써 수납했다.

"모든 걸 제대로 보여 줄 순 없겠지만⋯⋯ 마지막은 잘 알겠지."

나지막이 고개를 주억거리는 강서준을 응시하며 황제는 말을 이었다.

"그대가 이 스킬북을 독파하는 방법은 땅의 검술인 지(地)를 온전히 깨치는 것이 될 게야."

그의 말마따나 '태산 가르기'는 '지'에서 파생된 스킬이었다. '천'과 '해'는 이번 스킬북 독파와는 크게 관련이 있는 게 아니었다.

게다가 '지' 하나로도 버거웠다.

황제가 보여 줬던 검술을 따라서 움직여 봤지만, 어설프게 따라 할지언정 진정 원하는 대로 몸이 움직이진 않았던 것이다.

특히 두 번째 묘리가 문제였다.

'빛처럼 빠른 검이라…….'

황제는 어설프게 지의 묘리를 따라 움직이는 강서준을 향해 말했다.

"연습하게. 오직 연습만이 그대를 성장시킬 터이니."

그 말을 끝으로 황제는 발끝을 톡 차고, 눈앞에서 사라졌다. 차차 그가 잘라 냈던 어둠이 돌아오고 금세 주변은 침묵의 밤굴로 돌변했다.

또한 한쪽에서 뭔가가 나타났다.

'사일런스 스콜피언…….'

현재 강서준의 공격력으로는 외갑조차 뚫을 수 없는 몬스터.

멀리 황제의 음성이 들려왔다.

"우선 이놈을 쓰러트리게. 걱정할 것은 없네. 태산을 가를 수 있다면 고작 이딴 전갈 따위를 베지 못할 이유가 없으니."

사일런스 스콜피언.

레벨만 따지자면 얼추 330은 될 몬스터. 스탯은 방어력에 몰려 있어 유난히 강력한 공격력을 필요로 하는 녀석이었다.

채애애앵!

곤충의 외갑을 때렸지만 강철을 벤 듯한 충격이었다. 기계충도 이놈보다는 단단하진 않을 것이다.

채앵! 채애애앵!

강서준은 호흡을 가다듬으며 연신 사일런스 스콜피언의 몸을 베고자 노력했다.

모든 기술엔 '태산 가르기'가 담겼다.

하지만 레벨이 부족한 건지, 아니면 루디의 공격력으로는 턱없는 일인 건지.

영 베어 낼 수가 없었다.

쇄애애액!

빠르게 찔러 오는 전갈의 독침을 피해 강서준은 몸을 비틀며 뒤로 물러났다.

'……가장 큰 문제는 검술 이해도겠지.'

황제가 해내지도 못할 시련을 던져 놓고 떠났을까.

S급의 태산 가르기.

아마 그 스킬이라면 두터운 전갈의 외갑도 뚫어야 정상이었다.

강서준은 자책하며 머릿속으로 재차 땅의 검술이라는 '지'를 되새겨 봤다.

'마스터해 내야 해.'

초상비를 발동시켜 다시 사일런스 스콜피언의 간격에 접근했다. 휘둘러지는 전갈의 독침을 피해 재차 놈의 몸통을 노렸다.

채애애앵!

여전히 끄떡도 없는 외갑.

알알한 손목의 통증을 꾹 눌러 참고, 다시 검을 휘두르길 반복했다.

또한 머릿속으로는 황제가 그의 앞에서 보여 줬던 검술을 빠짐없이 재생시켰다.

'나는 황제와 무엇이 다른 거지?'

다행히 아이크의 도움으로 그는 '천지해'의 영상을 언제든 홀로그램을 펼쳐 보듯 볼 수 있었다.

강서준은 특히 '지'의 두 번째 묘리인 '광속'에 집중해서 돌려 봤다.

'광속의 묘리는 얼추 알겠어.'

첫 번째 묘리인 '맹수의 울음'은 단순히 검에만 마력을 진동시키는 것이라면, 두 번째 묘리인 '광속'은 진동의 범위를 신체로 확장하는 것.

결국 전반적으로 신체를 강화하여 빛처럼 빠른 속도를 이끌어 내면 될 일이었다.

'하지만 뭔 짓을 해도 난 황제와 같은 속도는 낼 수 없었어.'

문제는 그것이다.

똑같은 방식으로 마력을 진동시켜 행했지만, 영 '광속'이라 불릴 만한 속력은 나오질 않는다.

도대체 무엇이 문제일까.

과연 황제의 기술과 무엇이 달랐을까.

'잠깐…… 이건?'

미간을 좁히던 강서준이 불현듯 단서를 발견했을 즈음이었다.

스거어억!

눈앞에서 사일런스 스콜피언이 순식간에 양단됐다. 강서준은 미간을 구기며 나지막이 물었다.

"……뭡니까?"

일격에 몬스터를 양단한 황제는 나지막이 입을 열었다.

"미안하네. 상황이 바뀌었어."

"네?"

"당장 침묵의 밤굴을 나가야겠어."

황제의 얼굴은 다급해 보였다.

침묵의 밤굴에서 기존에 있던 광장으로 돌아가는 길은 대단히 간단한 일이었다.

스거억! 스걱!

황제가 무아지경으로 검술을 휘두르니, 사일런스 스콜피언은 떼거지로 몰려나와도 상대조차 되질 않는 것이다.

문득 강서준은 황제의 움직임을 살폈다. 영상으로 보던 것보다 훨씬 세밀하게 원인을 분석할 수 있었다.

'과연…… 그런 거였군.'

고개를 주억거리며 황제의 뒤를 따르길 몇 분이나 됐을까. 어둡기만 하던 밤굴에 희미한 광명이 깃들었다.

출구가 코앞이었다.

"케이. 지금부터 내가 하는 말을 잘 듣게."

"네?"

"솔직히 여기서 벌어진 일에 대해선 나도 잘 알지 못하네. 나도 나중에 들어서 안 사실이니."

황제의 표정은 사뭇 진지해 보였다. 그리고 밤굴의 출구 너머로부터 희미하게 전장의 소음이 들려오고 있었다.

"하지만 단언하네. 이곳에서 벌어진 모종의 일이 내 아들을 그렇게 만들었어."

"……무슨 뜻이죠?"

"내가 그대를 얕본 것도 사실이나, 아들 녀석이 그토록 약해졌다는 걸 알아차리지 못한 것도 문제였다는 말일세."

미간을 좁히며 강서준은 황제의 말에 귀를 기울였다. 생각해 보면 이상한 점은 한두 가지가 아니었다.

'하기야 호크 알론은 주요 인물인 것치고는 너무 약했어.'

호크 알론은 진백호와 다르게 완성된 인물에 가까웠다. 오랜 세월을 검술을 연마했고, '천지해'라는 L급 스킬도 어렴풋이 익히고 있었다.

그런 자가 제아무리 케이를 상대로 했다고 해도, 그리 허무하게 죽어선 안 되는 것이다.

즉, 이곳에서 벌어진 모종의 사건이 모든 일의 원흉이라 할 수 있었다.

'섭종의 원인…….'

침묵의 밤굴의 출구는 커다란 석문으로 되어 있었다. 힘껏 민다면 일반인도 쉽게 빠져나갈 수 있는 문이었다.

"또한 그대의 세상에서도 비슷한 일이 벌어지고 있음을 짐작할 수 있네."

황제는 강서준을 향해 말했다.

"태산 가르기의 묘리는 다 익혔나?"

"……어느 정도는."

"한 번이라도 제대로 휘두른다면 바로 탈출할 수 있겠지."

황제의 얼굴을 마주 보던 강서준은 나지막이 고개를 끄덕였다.

아직 시도해 보질 않아 확신하진 못하겠지만, 그의 깨달음이 옳다면 결론은 같을 것이다.

그는 태산 가르기를 마스터할 수 있다.

"그러려고 온 걸요."

강서준의 자신감 넘치는 눈빛에 황제는 고개를 주억거리며 말했다.

"그러면 준비하게. 그대는 볼 것만 보고 빠르게 이곳을 빠져나가면 돼."

"······그렇게까지 하는 이유가 뭐죠?"

솔직히 이대로 바깥으로 빠져나가기엔 조금 아쉬움이 컸다.

황제의 사념은 아마 여기까지였다.

그러니 천지해의 묘리를 더욱 자세히 습득하기 위해서는, 그의 곁에서 더 많은 배움을 청하는 게 나았다.

하지만.

"목숨보다 중한 건 없잖은가."

강서준은 바로 납득할 수 있었다. 막말로 이곳에서 벌어진 어떠한 사건이 현재의 '호크 알론'을 위협하는 정도라면······.

'내 목숨도 장담할 수 없어.'

강서준은 애써 고개를 끄덕였다.

"그럼 문을 열겠네."

서서히 석문이 열리면서 어두운 밤굴이 밝아졌다. 광장의 전경이 고스란히 보였고, 우선 큰 폭음이 지축을 흔들었다.

콰아아아앙!

지진이라도 난 것처럼 사방이 흔들리는 광장. 그 위로 이름 모를 NPC들이 잔뜩 바닥에 힘없이 널브러져 있었다.

"이건 대체······."

"정신 차리고 따라오게."

고개를 끄덕인 강서준은 황제를 따라서 광장으로 발을 디뎠다. 광장 내부를 가득 채운 열기가 살을 태우듯 느껴졌다.

쿠오오오오!

열기의 주인은 광장의 중심에서 포효하는 한 마리의 몬스터.

"미노타우르스가 어떻게 벌써……."

저놈은 본디 16개의 미로를 전부 뚫어야만 움직이는 석상이었다.

근데 불과 한 개의 미로를 돌파하고 나온 시점에서 이미 호크 알론을 비롯한 다른 NPC들과 전투를 벌이고 있는 것이다.

'내가 아무리 침묵의 발굴에서 시간을 많이 사용했다고는 하나…….'

일주일은 걸릴 거라 생각했던 공략 시간보다 너무나도 짧아졌다. 혹시 그가 NPC들의 역량을 잘못 파악한 걸까?

'아니야. 이건 변수야.'

황제의 뒤를 쭉 따라 움직이다 보니 만신창이로 널브러진 NPC들의 모습이 더욱 눈에 선했다.

그리고 깨닫는다.

'켈의 계획이 이거였어.'

미로를 탈출하느라 지친 NPC들을 맞이하는 충간 보스.

확실히 호크 알론을 비롯한 NPC들의 뒤통수를 치기에 딱 좋은 함정이 아닐 수 없다.

도대체 어떤 마법을 부려 미노타우르스를 움직이게 했는

지는 모르겠지만.

'내가 모르는 아이템이 있는 거겠지.'

강서준은 광장의 중앙에 도달할 수 있었다. 층간 보스인 미노타우르스가 가장 활발하게 난동을 부리는 현장이었다.

"……루디?"

그곳엔 이도 저도 못하고 안절부절못하는 선임기사 에일이 겁에 질린 채로 검만 꽉 쥐고 서 있었다.

그는 유난히 강서준을 반겼다.

"얼른 저놈 간파 좀 해 봐! 도통 약점을 못 찾겠으니까!"

"……."

"뭐야! 빨리 안 해?"

그나저나 지난 퀘스트의 여파로 에일은 루디 돌포스에게 어느 정도 호감을 가졌어야 할 텐데.

왜 건방진 말투나 표정은 그대로일까.

역시 사람은 쉽게 변하지 않는 건가.

'뭐…… 그래도 저 녀석을 살린 걸로 이번 던전 공략 난이도가 조금은 수월해진 건 사실이지.'

녀석이 이번 원정대에 포함된다는 것만으로도 그의 가문에서 '청명석'으로 이루어진 장비를 가득 납품했다.

현재 강서준이 입은 옷도 청명석으로 제련한 장비였다.

강서준은 한숨을 내쉬며 말했다.

"……보채지 마요. 바로 확인해 볼 테니까."

하지만 그의 앞을 가로막은 황제 때문이라도 강서준은 행동을 멈춰야 했다.

"뭐죠?"

"조금만 더 기다려 보세."

"왜 그러시는데요?"

"조금만, 조금만 더 기다려 보면…….."

황제의 말이 끝난 지 얼마나 됐을까. 미노타우르스가 돌연 펄쩍 뛰어오르더니 호크 알론을 향해 도끼를 내리찍었다.

"흐아아앗!"

그때 호크 알론이 이를 악물고 자세를 잡았다. 땅의 검술인 '지'의 모든 묘리가 담긴 기술.

'태산 가르기'를 발동하고 있었다.

한데 어딘가 이상했다.


[스킬, '류안(S)'을 발동합니다.]


'마력이…… 뭉치질 않잖아?'

어떻게 된 일일까.

그가 기억하는 호크 알론은 적어도 '지'에 대한 완성도는 꽤 높았다.

저 정도로 불완전한 기술이 만들어질 이유가 없었다.

무엇보다 호크 알론은 진백호와 마찬가지로 대기 중의 마력을 무한정 끌어다 쓰는 특징을 갖고 있질 않았던가.

'……잠깐.'

강서준은 호크 알론의 몸속에 자리한 기묘한 마력 흐름을 깨달을 수 있었다. 그게 무언지도 바로 눈치챘다.

"안 돼! 지금 기술을 쓰면……!"

콰아아앙!

그의 말은 찰나의 차이로 늦었고, 호크 알론은 마력을 억지로 끌어낸 '태산 가르기'를 발동해 냈다.

크게 휘둘러지는 검!

미노타우르스의 외피를 찢고 치명타를 입히는 데에 성공했다.

문제는 그도 같았다는 점이다.

"끄아아아악!"

공격을 한 당사자가 피를 토하면서 몹시 괴로워하기 시작한 것이다.

강서준은 입술을 잘근 깨물었다.

'교묘하게도 함정을 파 놨군. 그것도 호크 알론에게만 통용되는 함정이야.'

그리고 이는 또 다른 사실을 알게 한다. 그 '누군가'는 호크 알론의 신체적 특징을 잘 알고 있다는 것이다.

황제는 침음을 삼키더니 말했다.

"보았나?"

"······네."

"원인을 없앨 수 있겠지?"

"네. 두 번 당할 정도는 아니에요."

강서준은 종전에 봤던 광경을 상기하며 호흡을 가다듬었다.

아이크와 황제가 굳이 스킬북에 난입하면서까지 보여 주고 싶었던 게 뭔지 이젠 완전히 알 수 있었다.

어쩌면 스킬의 전수는 부차적인 것이고, 이게 메인일지도 모르겠다.

그만큼 모르고 당했으면, 강서준도 크게 골치를 썩을 법한 일이었으니까.

황제는 쓰게 웃으며 말했다.

"그러면 슬슬 돌아갈 때도 됐군."

"······이곳은 어쩌고요?"

"신경 쓰지 말게. 여긴 이미 끝난 세계······ 어차피 재구성된 가짜 세계가 아닌가."

무정한 말이었지만 틀리지도 않았다.

이곳은 스킬북에 의해 재현된 세계. 모든 게 퀘스트가 클리어되면 사라질 것들이었다.

의미를 둘 필요가 없다.

"단 일격만 성공시켜도 될 걸세."

그 말에 강서준은 검을 꽉 쥐며 미노타우르스를 바라봤다.

어쨌든 표적지가 있으면 기술의 완성도는 올라간다.

두터운 보스 몬스터의 외피. 저걸 잘라 낼 정도면 되겠지.

"그럼…… 가게!"

마음의 결정을 내렸다면 망설일 이유가 없다.

황제의 말을 구령 삼아 강서준은 미노타우르스와의 거리를 좁혔다.

그리고 검을 길게 빼어 들며 생각했다.

'광속. 빛처럼 빠르게 움직이는 법.'

이미 예상했듯 '광속'의 조건은 '마력의 진동'으로 검을 비롯하여 신체까지 강화하는 것이다.

하지만 똑같이 마력을 진동시켜 놓고도 결코 '빛'의 속도로 도달하지 못한 이유가 뭘까.

결론은 의외로 단순했다.

'중요한 건 진동의 세기와 타이밍이야.'

내부에서 진동하는 마력을 부위마다 다른 세기로 진동시킨다. 적절한 때에 사용할 부분만 더욱 강렬하게 진동을 집중시키는 것.

그게 '광속'의 비결이었다.

그래서 숙련된 검사의 검이어야 이런 기술도 능숙하게 사용할 수 있는 거겠지.

'하지만 요령만 안다면…….'

기어코 휘두른 검격은 천둥소리를 일으키며 미노타우르스

의 몸통을 파고 들어갔다.

쿠구구구!

그리고 바로 알 수 있었다.

이건 성공이라고.


[스킬, '지'의 두 번째 묘리 '광속'을 이해했습니다.]

[스킬 '광속(S)'을 습득했습니다.]

[!]

[스킬, '지'를 완전히 이해했습니다.]

[퀘스트 조건을 완료했습니다.]


예상했던 메시지였다.

태산 가르기의 초석이 되는 땅의 검술인 '지'를 이해한다면, 이번 스킬북은 완전히 이해한 것과 마찬가지였으니까.

이제 첫 번째 전직 퀘스트는 끝이었다. 그렇게 강서준이 손끝으로 느껴지는 태산 가르기의 진정한 힘에 감탄하고 있을 때였다.

별안간 문제가 생겨났다.


[!]

['알 수 없는 이유'로 인하여 전직 퀘스트가 클리어되질 않았습니다.]

……뭐?

머리맡으로 분노한 미노타우르스의 도끼가 내리 찍히는
순간이었다.

# 미노타우루스 공략

강서준은 거칠게 차오른 숨을 억지로 내뱉으며 다가오는 공격을 피했다.

상황을 이해하는 것보다 빠르게 몸을 움직이는 게 중요했다.

'빌어먹을⋯⋯ 이게 대체 어떻게 된 거지? 퀘스트를 실패한 건가?'

뭐가 됐든 이를 악물고 힘껏 뛰어 미노타우로스로부터 거리를 벌리고자 했다.

하지만 놈은 집요했다.

우어어어!

목표에 꽂힌 황소처럼 오직 강서준만을 바라보며 계속해

서 공격을 이어 왔다.

잠깐의 여유도 없었다.

"자네! 지금 뭘 하는 겐가?"

뒤늦게 나타난 황제가 미노타우르스의 도끼를 후려치며 물었다. 왜 돌아가질 않냐는 시선에 괜히 억울한 기분이 들었다.

"나도 모릅니다! 뭔가 꼬여도 단단히 꼬였어요!"

"뭐?"

"일단 저놈부터 쓰러트리죠!"

그나마 황제가 본격적으로 검술을 발휘하기 시작하니, 사태는 금세 역전시킬 수 있었다.

황제는 고작 16층의 미노타우르스 따위가 막아 낼 수 있을 리가 없는 수준.

사실 호크 알론도 이놈에게 고전할 이유가 없었다. 그토록 손쉽게 무너져선 안 되는 일이었다.

"뭐든 일단 방법을 알아내게. 그대가 더는 이곳에 있을 이유는 없으니!"

"……네?"

"빨리!"

강서준은 고개를 끄덕이며 일단 로그 기록부터 확인했다. 왜 그가 이곳을 벗어나질 못하는지에 대한 설명은 그곳에 적혀 있을 것이다.

[!]
['알 수 없는 이유'로 인하여 전직 퀘스트가 클리어되질 않았습니다.]

다시 봐도 황당한 일이다.

본래라면 클리어됐어야 하는 퀘스트.

근데 알 수 없는 이유라고?

그리고 강서준은 이런 문구가 나타날 때가 보통 어느 때인지 바로 떠올릴 수 있었다.

'버그?'

하지만 전직 퀘스트에서 느닷없이 버그가 일어날 줄이야.

무슨 이런 망겜이 다 있단 말인가.

머리가 복잡해지고 화도 났지만, 한편으로는 이런 생각도 들었다.

'이유 없는 버그는 없다.'

원인이 있어야 결과가 만들어진다.

로테월드가 아무런 이유도 없이 롤백이 결정된 게 아니었던 것처럼, 뭔가가 버그를 만들어 냈을 것이다.

'설마 아이크의 개입이 문제가 된 걸까?'

잠시 고민했지만 바로 부정했다.

그는 킬 스위치마저 빼돌린 양반이다. 아이크가 시스템에게 걸릴 정도로 일을 대충 마무리했을 리는 없었다.

'만약 스킬북 안쪽에서 벌어진 문제가 아니라면?'

거기까지 생각한 강서준은 그가 차원 서고에 함께 들어온 한 사람을 떠올릴 수 있었다.

진백호의 개인교사로 붙여 둔 남자.

현시점에서 가장 정체가 모호한 인물인 '켈'이 차원 서고에 있질 않은가.

'젠장……'

그때 눈앞으로 새로운 메시지가 나열됐다.

시스템의 자정작용.

버그가 발생했다면 이를 고치기 위한 일환으로 시스템은 어떤 행동이든 하기 마련이다.

그리고 이번엔 롤백이 아니었다.


[시스템에 의해, '전직 퀘스트'의 내용이 수정되었습니다.]

[16층의 '미노타우르스'를 제거하십시오.]


"……뭐?"

절로 미간이 찌푸려지는 내용이었다.

하지만 생각해 보면 대단히 나쁜 조건은 또 아니었다.

'황제가 있다면 어렵지 않아.'

당장 미노타우르스를 홀로 요리하고 있는 황제의 위용만 봐도 그랬다.

이대로 가만히 기다리고만 있어도 황제가 그를 이 스킬북

속에서 빼 줄 것이 분명했다.

이런 버스는 유익한 법.

잘하면 미노타우르스를 공략했다는 이유로 공짜 경험치도 받아먹을 수 있을 것이다.

물론 계획대로 흘러간다면 말이다.

"방해하지 마시죠."

"네놈은……?"

"당신이 어떻게 여기에 있는지는 몰라도 적당히 나대고 빠지세요. 멜빈 황제."

돌연 바람이 폭발하면서 황제가 멀찍이 물러났다. 그리고 익숙한 가면을 쓴 남자가 눈앞에 나타났다.

컴퍼니의 가면.

아니, 그는 분명 '켈'이었다.

"당신은 어디까지나 방관자여야 합니다. 이런 데에 직접 나서선 안 된단 말입니다."

"그게 무슨 소리지?"

"순리를 받아들이시죠."

켈은 무자비한 바람 마법을 부리며 황제를 미노타우르스 로부터 밀어내기 시작했다.

잔뜩 쭈그려 공격받던 미노타우르스도 황제가 사라지자마자, 다시 아성을 드러내며 포효했다.

놈의 시선이 이쪽을 향한 건 그때.

'……돌겠군.'

머릿속에 각가지 생각이 날뛰는 사이, 미노타우르스가 그를 향해 돌진을 감행했다.

강서준은 일단 류안부터 발동시켰다. 예기치 못한 일들이 연달아 벌어졌지만 그가 할 일은 하나였다.

'미노타우르스를 공략해야 해.'

불행 중 다행이라고 할 건, 황제의 공격으로 녀석의 체력이 꽤 떨어져 있다는 것이다.

강서준은 미노타우르스의 공략법을 되새기며 호흡을 가다듬었다.

'놈의 공격은 단순해. 도끼를 두 번 찍고 세 번째는 높이 뛰어서…….'

미노타우르스는 예상을 빗겨 나가질 않았다. 초상비와 류안까지 활용하니 별 탈 없이 녀석의 공격을 모조리 회피할 수도 있었다.

스쳐도 치명상인 공격들은…….

'스치지도 않으면 돼!'

강서준은 다시금 태산 가르기의 묘리를 상기하며 검을 빠르게 휘둘렀다.

세 번째의 도끼질 뒤에 생기는 잠깐의 스턴.

그때가 미노타우르스를 공격하기에 최적의 타이밍이었다.

스거어억!

핏물이 터지면서 미노타우르스가 괴로워하는 게 보였다. 호크 알론부터 황제, 그리고 강서준의 공격까지 착실하게 대미지가 누적된 여파였다.

하지만 문제는 이다음이었다.

우어어어!

미노타우르스의 몸이 붉게 달아오르면서 마력이 폭증한 것이다.

가장 우려했던 순간이 현실이 되고 있었다.

'2페이즈!'

미노타우르스는 A급 던전의 층간 보스였다. 그것도 본격적으로 A급 던전의 위용을 드러내는 16층의 몬스터.

녀석은 체력이 50% 아래로 떨어지면 2페이즈로, 즉 새로운 패턴으로 움직인다.

또한 30% 아래로 떨어지면 3페이즈로, 마지막 10% 아래로 내려갈 경우 4페이즈까지 변한다.

각 페이즈마다 공격력은 강화되고 더욱 강해지는 게 미노타우르스의 귀찮은 특징.

그 모든 걸 뚫어야 진정한 미노타우르스의 공략이라 할 수 있었다.

'물론 페이즈마다 어떤 방식으로 움직이는지는 전부 기억하지만…….'

이를 악물고 뒤로 물러난 강서준은 2페이즈로 접어든 미노타우르스를 노려봤다.

'……역시 너무 불리해.'

슬쩍 황제를 살펴봤지만 여전히 켈에게서 빠져나오진 못했다. 켈의 정체는 알 수 없어도 녀석의 랭킹은 빤한 일이다. 황제라도 고전을 면치 못한다.

강서준은 짧게 혀를 찼다.

"결국 널 쓰러트려야겠는데……."

과연 쓰러트릴 수 있을까? 고작 300레벨 초반의 NPC인 '루디 돌포스'의 스텟으로?

제아무리 공략을 안다 해도 레벨의 한계는 명확한 법인데…….

'할 수밖에 없잖아.'

강서준은 호흡을 가다듬으며 새빨갛게 도포된 미노타우르스를 향해 검을 겨눴다.

※

한편 최하나는 곤혹을 치르고 있었다.

'어디서부터 잘못된 걸까.'

머리를 굴려 봤지만 여전히 상황을 이해할 수는 없었다. '그'의 돌발 행동은 말 그대로 갑자기 시작됐으니까.

우우웅!

책장을 벽으로 삼아 겨우 몸을 숨기던 그녀는 공기의 떨림을 눈치챘다.

눈에 보이진 않지만 분명 이곳으로 무수한 무형의 '바람 칼날'이 날아오고 있었다.

사악! 사아아악!

빠르게 그 자리를 벗어난 최하나는 이를 악물고 저격총을 꺼내어 들었다.

"켈! 나도 더는 가만히 있지 않아요!"

"……."

"슬슬 이유라도 알려 주시죠?"

여전히 그녀의 질문엔 돌아오는 대답은 재차 벼려진 바람 칼날이었다.

대화의 여지조차 없다는 걸까.

최하나는 미간을 구기며 몸을 날렸고, 결국 방아쇠를 당기는 수밖에 없었다.

타아앙!

허공을 가른 총알!

아쉽게도 차원 서고의 어느 곳을 둘러봐도 켈의 모습은 찾을 수 없었다.

'눈으로는 찾지 못해.'

켈은 바람의 정령왕을 다루는 랭커였다. 그의 능력이라면 지상수보다 더 완벽하게 몸을 숨기는 게 가능하다.

'공기의 정보를 바꾼 거야.'

바람의 정령은 공기 자체에 간섭할 수 있는 권한이 있다. 단순히 폭풍을 일으키는 것에 끝나는 게 아니라, 공기의 정보를 변질시키는 것도 가능하다.

아마 '시각 정보'를 변환한 거겠지.

'눈으로 볼 순 없겠지만 분명 이곳 어딘가에 있어.'

다행히 그녀는 눈으로 보질 않아도 찾아낼 방법이 있었다. 김훈이 빠르게 켈의 위치를 알려 준 건 그때였다.

"위!"

공기의 정보를 교란시킨들 공간지각 능력을 피할 수는 없으니까.

최하나는 바로 몸을 돌려 허공을 향해 총구를 겨눴다. 위치를 발각당한 걸 인지했는지 켈도 순순히 모습을 드러냈다.

문제는 그의 손에 붙잡힌 소년이다.

"진백호……."

간간이 호흡을 하는 걸로 보아 아직 죽진 않았다. 그저 기절시켜 놨는지 미동도 없이 켈의 손아귀에 매달려 있을 뿐이다.

최하나가 물었다.

"대체 왜 이러시는 거죠?"

"……말한들 이해하시겠습니까?"

"그야 들어 봐야 알죠!"

최하나의 질문에 켈은 쓰게 웃을 뿐이다. 한쪽에서 김훈이 은근히 마력을 끌어올리자 켈은 진백호의 목에 칼을 대면서 말했다.

"움직이지 마시죠."

"흐읍……."

가지고 있는 힘이 정령왕이란 걸 빼면 약자에 불과한 게 진백호다. 그의 목에서 피가 주룩 흘러내리고 있었다.

최하나는 여전히 총구를 겨눈 채 말했다.

"무슨 생각인지는 몰라도 당신, 크게 실수하는 겁니다."

"……실수야 저쪽의 제가 하겠죠."

"네?"

"뭐, 됐습니다. 말한들 당신이 알아들을 리는 없으니까요."

최하나는 입술을 잘근 깨물며 그의 얼굴을 올려다봤다. 며칠을 함께해서 익숙한 낯짝이지만 오늘따라 유난히 낯설게만 느껴졌다.

말한들 알 수 없을 거라고?

사실 최하나는 켈이 돌발 행동을 보이는 이유를 어림짐작하고 있었다.

'개발일지엔 켈이 적혀 있었으니까.'

잠시 지진이 진정됐을 때에 우연히 발견한 한 권의 책. 그곳엔 관리자의 기록이 적혀 있었다.

그 항목엔 또렷하게 '켈'이란 이름도 있었다.

동명이인일 수도 있지만…….

플레이어인 척하는 NPC라 적힌 내용을 무시할 수는 없는 것이다.

'저러는 걸 보면 확실해지네.'

결국 같은 사람이다.

특수 'NPC' 켈.

그들은 꽤 오래전부터 명맥을 이어 왔다. 관리자는 그를 두고 '전생인(前生人)'이라 했다.

하지만.

'내가 정체를 눈치챘다는 걸 그가 알아차렸을 리는 없어. 개발일지는 나만 읽었으니까.'

그러니 문제는 다른 쪽에 있다.

'강서준 씨와 연관된 거겠지.'

차원 서고의 갑작스러운 충격과 지진, 그리고 허공에서 순간적이지만 강서준의 모습이 영상으로 나타난 이후에야 벌어진 일이다.

충분히 가능성이 있었다.

'뭐가 됐든…… 진백호부터 살려야 해.'

최하나는 미간을 구기며 켈에게 겨눴던 총구를 아래로 내렸다.

강서준에게 듣기론, 진백호의 목숨 하나에 세계의 명운이 달려 있다. 우선순위는 늘 그가 될 수밖에 없었다.

"일단 진정해요. 진정하고…… 대화로 먼저 오해를 푸는 게 어때요?"

일단 회유책.

놈의 손에 인질이 있는 한 섣부른 태도는 괜한 문제만 일으키기 쉽다.

실력도 엇비슷한 수준이라면 더더욱.

우선 상대의 방심을 유도해야 한다.

켈은 이죽이면서 답했다.

"최하나 씨. 속일 사람을 속이세요."

"……쳇."

최하나는 짧게 혀를 차면서 방아쇠를 당겼다. 총구는 바닥을 향했지만 목표는 당연히 켈이었다.

공간 이동탄.

마탄의 라이플은 그녀가 원하는 위치로 마탄을 공간 이동시킬 수 있으니, 사실 겨눈다는 행위는 대단한 의미는 없다.

그저 집중을 잘하기 위함이지.

지금처럼 가까운 위치라면 구태여 조준점을 명확하게 하질 않아도 맞힐 자신이 있었다.

타아앙!

하지만 상대도 역시 랭커였다.

최하나의 마탄은 그의 정수리에 생성된 공기 벽에 막혀, 더 파고 들어갈 수 없었다.

켈의 눈이 점차 붉어졌다.

"강서준 씨는 쉽게 돌아오지 못할 겁니다."

"……네?"

"제가 그렇게 만들었거든요."

무슨 소리인지는 몰라도 최하나는 결국 번 블러드를 극성으로 발동시키기로 했다. 상대가 상대이니만큼 전력을 다해야 할 것이다.

켈은 어깨를 으쓱이며 말했다.

"기왕 이렇게 된 거 모두 여기서 죽어 주시죠. 번거롭게 하지 마시고."

"……당신이야말로 각오해야 할걸요."

"잊었습니까? 당신은 12위고, 전 11위였습니다."

최하나는 마탄을 예열시키며 말했다.

"여긴 드림 사이드 2야. X밥 새끼야."

선수는 켈이 가져갔다.

사악!

공기가 떨리자 사방에서 바람 칼날이 날아왔다. 최하나는 본능적으로 몸을 틀어 공격을 피해 냈다.

사아아악!

문제는 그게 끝이 아니라는 거다.

어느덧 주변을 장악한 바람 칼날이 그녀를 죽이겠다는 목적으로 날아오고 있었다.

최하나는 입술을 잘근 깨물었다.

'역시 강하긴 진짜 강하구나.'

X밥이라느니 시원하게 욕을 퍼부었지만, 정작 최하나는 극도의 긴장 상태에 있었다.

11위와 12위.

고작 한 등수 차이로 보이겠지만, 천외천은 그걸 고작이라고 말하기 어려웠다.

그 한 등수 차이가 대단히 크다.

'더군다나 켈은 전투 계열이야.'

비전투 계열인 잭이나 모르핀과 달랐다. 전투에 특화된 켈은 싸움 실력만 꼽는다면 천외천에서도 손가락 안에 든다.

'불리한 건 내가 더 커.'

최하나는 어느덧 시야에서 사라진 켈을 찾아 주변을 헤매야 했다. 그새 공기 정보를 바꿔 버렸는지 눈으로는 찾을 수 없었다.

"……!"

한쪽에서 김훈이 뭐라 큰 소리를 내어 켈의 위치를 알려 주는 듯했지만, 그녀에겐 들리지도 않았다.

공기로 이루어진 방음벽이라도 만들어 놨나 보다.

"진짜 골치 아픈 능력이라니까."

하지만 그녀는 망설이지 않고 방아쇠부터 당겼다. 그녀를 노리고 날아오는 바람 칼날을 모조리 파괴하고 아예 사방으로 마탄을 쏘아 냈다.

이유는 간단했다.

콰아앙! 콰앙! 콰아아아앙!

연쇄적으로 생겨나는 폭발!

녀석이 눈앞에 보이질 않는다면 아예 인근을 통으로 폭발시킨다는 터무니없는 작전이었다.

이러면 놈을 찾을 필요도 없다.

알아서 나올 것이다.

콰아아아아앙!

최하나는 방아쇠를 당기길 멈추지 않았다. 장거리를 저격할 일도 아니었으니 자세를 취하지도 않는다.

수시로 발사되는 건 공간 이동탄.

그 위치는 사방으로 난사됐고, 수십 갈래로 나뉜 붉은 마탄은 공간 자체를 폭발시켰다.

대미지는 그녀에게도 떨어졌다.


[스킬, '초재생(A)'을 발동합니다.]


물론 다시 회복해 냈다.

'그간 트롤의 심장을 더 찾아 먹은 보람이 있네.'

상시 번 블러드를 활용하며 싸운 것만 해도 반년이 넘는다. 사실상 그녀는 트롤도 따라 할 수 없는 괴물 같은 회복력을 갖고 있었다.

한편 그 파격적인 행보는 결국 공기를 덧입어 숨어 있던 켈에게도 영향을 줬다.

그는 살짝 그을린 얼굴로 나타났다.

"……당신, 미쳤군요."

"글쎄."

"그렇게 폭격하면 김훈 씨는 몰라도 진백호 씨는 죽습니다. 인질의 목숨이 아깝지 않나 봅니다?"

최하나는 어깨를 으쓱이며 답했다.

"당신이 지켜 줄 거잖아?"

"무슨 뜻이죠?"

"아무리 생각해도 당신이 진백호 씨를 해할 것 같진 않단 말이지."

처음엔 인질극을 벌이기에, 일단 진백호를 구하는 게 우선이라는 생각을 했었다.

근데 생각할수록 이상한 것이다.

"당신은 진백호에게 정령술을 진심으로 가르쳤어. 연기하는 걸로 보이진 않더란 말이지."

"……그건."

"무엇보다 죽이지 못하는 이유가 있잖아. 나나 당신이나…… 모두 똑같이 말이야."

최하나는 몸속의 피를 뜨겁게 불태우며 말했다.

"그가 죽으면 이 세계는 무너지니까."

그러자 켈이 쓰게 웃으며 답했다.

"대체 어디까지 알고 있는 겁니까?"

"당신 생각보다는 많이 알걸."

그 말을 끝으로 최하나는 더는 입을 열 수 없었다. 순식간에 그녀의 주변의 공기가 모조리 사라진 것이다.

'진공인가…….'

그녀는 당황하지 않았다. 더욱 피를 불태우며 방아쇠를 당겼다. 호흡을 잠깐 못 한다고 싸울 수 없는 건 아니니까.

사실 그녀는 이런 싸움에 익숙했다.

두 번째 달 공략 때, 일부러 '초재생'의 등급을 올리기 위해서 우주복을 벗고 싸우기도 했었으니까.

'나도석 씨를 따라서 무호흡 수련을 해 두길 잘했어.'

최하나는 침착하게 공격을 이어 나갔다. 어쩌면 오늘을 위해 그 고생을 한 걸지도 모르겠다.

또한 그녀는 어느 때보다 자신이 있었다.

'이젠 이것도 있으니까.'

철컥!

마탄의 라이플의 한쪽 버튼을 조작했다. 이제부터 '공간 이동탄'이 발동되지 않으니 조준을 해야 할 것이다.

하지만 그 효과는 새로워진다.

[장비 '마탄의 라이플'의 전용 스킬, '블러드 봄'을 발동합니다.]
[시전자의 의지에 따라 '혈중 산소'를 강력하게 증폭시킵니다.]

그녀가 총구에서 쏘아 낸 건 일종의 '피 폭탄'이었다. 또한 그녀의 피로 구성된 '마탄'은 당연히 산소도 포함되어 있기에, 진공으로 변질된 공간에도 마력으로 확장한 산소를 확 퍼뜨리는 게 가능했다.

이건 놈도 조종하지 못한다.

그녀의 '피'에서 파생된 공기였다. 바람의 정령왕조차 건들 수 없는 영역에 있다.

"얄은수를 쓰는군요."

"······누가 할 소리를."

최하나는 다시 라이플을 조작해서 총알을 새로 바꿨다. 이번에 쏘아 낸 건 산탄으로 나뉘는 수백 개의 마탄이다.

타아앙!

일격에 정면이 무너졌다.

강서준의 아지트 같던 차원 서고를 일부 망가트리는 게 미안했지만, 켈을 상대하면서 그런 것까지 신경 쓸 여유는 없었다.

책장이나 기둥이 마탄에 의해 꺾이고 부서졌다. 결국 켈도 진백호를 안고 싸움을 이을 수 없었다.

그가 바닥에 진백호를 내려놓은 건 그때였다. 그는 강서준의 책장을 살피더니 말했다.

"시간이 별로 없군요……."

불현듯 그로부터 불길한 기운이 쏟아져 나왔다. 어느새 검을 뽑아 든 그가 지척에 다다랐다.

피해야 한다는 생각이 먼저 들었다.

하지만 그녀는 피하지 않았다.

'게임에서 내가 진 이유는 아마 죽는 걸 두려워했던 탓이겠지.'

켈이 휘두른 검은 여지없이 최하나의 왼팔을 잘라 냈다. 심장을 노리던 검격을 최소한으로 피해 낸 결과였다.

"……크흡!"

화끈한 감각이 왼쪽 어깻죽지에서 느껴졌고, 끔찍한 통증에 정신이 아찔했다.

하지만 이렇듯 놈이 코앞에 있다.

최하나는 씨익 웃으며 말했다.

"근데 어쩌나. 목숨 따위 이젠 아무래도 좋은데."

"……뭐?"

왼팔을 내어준 그녀는 바로 켈의 심장에 마탄의 리볼버를 겨눴다. 이 정도 거리라면 제아무리 그라고 해도 치명상은 피할 수 없을 것이다.

'설령 죽을지라도 싸워야 해.'

아이러니하지만 목숨이 하나뿐이기에 더욱 간절할 수 있다. 만약 죽어서라도 적을 쓰러트릴 수 있다면, 그녀는 응당 그렇게 할 것이다.

"미친……!"

최하나는 놀란 눈을 뜬 놈의 얼굴을 보며 방아쇠를 거칠게 당겼다. 그녀의 전력이 담긴 마탄이 놈을 관통하는 순간이었다.

타아아앙!

하지만 최하나는 눈앞에 펼쳐진 광경에 미간을 구겼다.

'……그걸 또 피했나.'

미간을 찌푸리며 멀찍이 뒤로 물러난 켈은 왼쪽 어깨를 쥐고 상처를 누르고 있었다.

젠장…… 왼팔을 내준 결과로는 너무 미약했다.

'아직 싸움은 끝나지 않았어.'

하지만 최하나는 호흡을 가다듬고 통증을 잊었다. 다음번엔 반드시 머리를 관통하고 말겠다는 의지만을 불태웠다.

그렇게 다시 달려 나가려는 찰나.

"이게 끝이라 생각하지 마시죠."

"……뭐?"

"오늘은 이만 물러가죠."

그러더니 대뜸 켈은 재빠르게 차원 서고의 출구로 날 듯이 달려가는 게 아닌가.

빠르게 조준해서 방아쇠를 당겼지만 바람 마법을 극성으로 발동해서 도망치는 놈을 쫓기란 요원한 일이었다.

한숨이 절로 나왔다.

"도망치는 주제에 허세는…… 하아."

* * *

"……후우."

낮게 호흡을 내뱉은 강서준은 눈앞에서 붉게 도포된 미노타우르스를 노려보고 있었다.

2페이즈로 진입한 녀석.

속도는 물론, 공격력도 전부 올라간 상태여서 정면으로 맞부딪치긴 더더욱 곤란할 것이다.

'다른 건 잊어. 오직 놈을 봐.'

해서 그는 일단 놈이 내뱉는 숨에 자신의 숨을 동조시키기로 했다.

'……집중하자. 한순간이라도 놓치면 끝이야.'

강서준은 놈과 호흡을 일치시키며 근육을 팽팽하게 당겼다. 놈의 시선, 움직임, 주변의 풍경…… 그 모든 것들이 한순간에 강서준의 머릿속으로 들어왔다.

[스킬, '집중(S)'을 발동합니다.]

그리고 알고 있는 여러 정보를 조합해서 미노타우르스의 다음 행동을 예측하고자 했다.

살아남으려면 그래야만 했다.

'……지금!'

약간 호흡이 거칠어지고 놈의 자세가 살짝 아래로 내려간 순간이었다.

우어어어어!

놈이 직선으로 달려들었고, 강서준은 있는 힘껏 바닥을 박차고 공중으로 뛰었다.

아래를 스쳐 가는 미노타우르스!

강서준은 창졸간에 틈을 노리고 놈의 어깨에 검을 꽂아 넣을 수 있었다.

정확하게 황제가 베어 낸 흔적을 노렸다.

우어어어!

다행히 강서준의 검은 무리 없이 그곳을 파고 들어갔다.

다만 후속타를 날릴 여유는 없었다.

놈의 털이 쭈뼛 서고 붉게 달아올랐으니까. 2페이즈의 가장 큰 특징인 '불'을 각성한 증거였다.

화르르르륵!

전신에서 타오른 불꽃이 일대를 깡그리 태워 버렸다. 피하지 않았으면 바로 당했을 것이다.

'문제는 이제 시작이란 거야.'

미노타우르스는 불타는 몸을 그대로 이끌고 직선으로 재차 달려왔다.

놈이 지나간 자리는 모조리 화마로 뒤덮이고 있었다.

'2페이즈가 어려운 이유는 맵을 전부 불태워 버리기 때문이니까.'

더군다나 켈이 한쪽에 만들어 둔 공기의 벽은 더욱 상황을 골치 아프게 만들고 있었다.

불꽃이 공기를 만나 더욱 활활 타오르고 말았으니까.

"하지만……."

뜨거운 화마와 매캐한 연기를 피해 겨우 호흡을 조절하던 그는, 미노타우르스의 몸에서 일순 불이 꺼진 걸 발견했다.

"……불은 무한이 아니란 거지."

동시에 손을 내뻗으며 '이기어검술'을 발동시켰다. 그의 몸이 두둥실 떠오르며 빠르게 미노타우르스의 어깨로 도달하고 있었다.

박혀 들어간 검이 빠지질 않으니, 그의 몸이 인력에 의해 그쪽으로 끌려갈 수밖에 없었다.

'용아병의 날개가 있으면 편했겠지만.'

아이템까지 가져다 사용하진 못하니, 이런 방식을 활용하는 수밖에 없었다.

강서준은 불꽃을 방출하느라 약간 지친 놈의 어깨에 안착하자마자, 바로 검을 힘껏 뽑아 버렸다.

푸슈우욱!

피분수가 솟구치고 놈이 괴로운 비명을 질러 댔다. 아직 놈이 불꽃을 쏘아 내기까지 10초는 남았다.

'쿨타임은 10초!'

어깨를 박차고 위로 뛰어오른 그는 검을 높이 들었다. 아래로 찍으면서 '태산 가르기'의 묘리를 검에 실었다.

타격점은 오직 한 곳이었다.

스거어억!

용케 놈의 한쪽 어깨를 가르고 푹 들어가 버린 장검.

강서준은 거두절미하고 놈을 박차고 다시 거리를 벌렸다.

예정된 10초가 지나갔다.

불꽃이 다시 화르륵 타오르면서 미노타우르스의 인근을 불태우기 시작했다.

종전보다 화력은 더욱 세졌다.

체력이 떨어질수록 방어력도 같이 떨어지지만, 그만큼 공격력도 올라가는 게 놈의 특징이었다.

'얼마나 이 짓을 반복해야 할까.'

미간을 구긴 강서준은 소매를 코로 막으며 일단 거리를 벌렸다.

이러다 통구이가 될 것만 같았다.

'이런 생각하긴 싫은데…… 방법이 없어. 어떻게든 2페이즈를 넘긴다 해도 3페이즈를 뚫을 수 있을까?'

사실 2페이즈를 넘는 것도 기적에 가까운 일이다. 스치기만 해도 치명상인 상태에서 적에게 공격을 해야 하는 아슬아슬한 전투.

심지어 어깨에 박아 둔 검도 온전하리란 법이 없다. 저 불꽃에 녹질 않으면 다행이다.

"……루디!"

한편 강서준의 옆으로 다 죽어 가는 몰골로 다가온 남자가 있었다.

호크 알론.

그는 여전히 고통스러운 듯 얼굴을 찌푸렸지만 미노타우르스를 향해 겨눈 검은 거두질 않았다.

그가 힘겹게 말했다.

"……말해. 내가 무얼 하면 되지?"

강서준은 눈을 반짝이며 호크 알론의 상태를 확인해 봤다. 여전히 정리되질 못한 마력이 그의 전신을 감싸 돌며 그의 몸을 갉아먹고 있었다.

아직 온전한 몸은 아니었다.

'의지로 움직이는 건가.'

강서준은 다시 미노타우르스 쪽을 돌아보며 말했다.

"검이 필요해요. 저놈의 불꽃에도 녹지 않을 강한 검."

"······청명검을 말하는 건가."

강서준은 고개를 주억거리며 답했다.

"네. 적어도 2페이즈는 그게 필요해요."

"우선 에일부터 찾아야겠군."

"네. 분명 그라면 청명검을 갖고 있을 테니까요."

하지만 세상에 죽으라는 법은 없는 걸까. 호크 알론이 에일을 향해 당장이라도 달려 나가려는 순간.

강서준은 호크 알론의 소매를 잡았다.

"······왜?"

"청명검이 필요 없어졌어요."

"뭐?"

"이젠 아무래도 좋다고요."

한쪽에서 불길을 일으키며 달려오는 미노타우르스. 여전히 위협적이기만 한 놈이었지만 잠깐 사이 귀엽게 느껴지는 건 착각은 아닐 것이다.

"정말 더럽게도 빨리 오는구나."

강서준은 이제 막 16층으로 내려오는 일련의 무리를 발견할 수 있었다.

# 전생인 (1)

사실 아이크의 개입은 예정에 없던 일이었다. 각성한 황제를 만나는 것 또한 상상조차 못한 전개.

해서 강서준은 '알페온의 지하 수로'를 공략하기 위해서, 누구보다 강력한 카드를 준비해 놨다.

만약의 만약을 대비한 히든카드.

"아아······."

강서준은 계단을 밟고 내려오는 무리를 보며 나지막이 탄식했다.

주인공은 원래 늦게 등장한다던가.

먼저 모습을 드러낸 남자가 제 몸만 한 방패를 콱 쥐고 달려드는 걸 보며, 강서준은 감탄을 금치 못했다.

'리트리하.'

그리고 부지불식간에 허공을 가르고 핏빛의 마탄이 날아왔다.

타아아앙!

여지없이 미노타우르스의 어깻죽지를 관통하고 지나갔다. 구멍이 뻥 뚫린 곳으로 피가 주룩 흘렀다.

불길이 순식간에 잦아들었다.

'최하나 씨까지!'

물론 현실에서의 그녀는 떠오르지도 않는 분위기였다.

살기가 가득하고 냉정한 얼굴. 중년의 남자는 중절모를 눌러쓴 채로 마탄의 라이플을 겨눴다.

랭킹 12위의 클라크.

클라크는 원래 이렇듯 중후하고 하드보일드한 느낌이 강한 남자 캐릭터였다.

또한 그 무시무시한 사격은 연달아 미노타우르스의 전신을 두드렸다. 단 한 발도 빗나가지 않았다.

타앙! 타아아앙!

어깨부터, 무릎, 팔꿈치…… 일부러 관절을 노리고 쏘아진 마탄들.

모든 공격은 치명타가 터져 대미지가 더욱 박혀 들어갔다.

'괜히 천외천이 아니네.'

비록 모종의 술수를 당했다곤 하나, 호크 알론도 꽤 고생을 하는 상대였다. 황제조차 미노타우르스를 두고 잠시 접전을 벌였을 정도.

한데 클라크는 그런 놈을 상대로 가만히 서서 벌써 여섯 방이나 큰 대미지를 입혔다.

빠른 사격 속도도 그렇고…… 정확도와 대미지까지 빠질 게 단 하나도 없었다.

우어어어!

몇 번의 사격이 녀석의 심경을 건드렸을까. 놈은 포효와 함께 재차 그 크기를 키우기 시작했다.

상처 부위는 새로운 피부로 대체되고, 종전과는 완전히 다른 분위기를 풍기고 있었다.

3페이즈의 미노타우르스.

벌써 체력이 30% 아래로 떨어졌다.

하지만 강서준은 더 이상 미노타우르스에게 관심을 두질 않았다.

그도 그럴 게.

'4페이즈가 온들…… 설령 이 던전의 보스 몬스터가 나타난다 해도 더는 문제 될 게 없어.'

여러 플레이어들 사이에서 군계일학으로 빛나는 한 녀석이 마침 미노타우르스의 앞에 섰으니까.

어깨엔 지루한 듯 잠든 다람쥐가 앉아 있었고, 천천히 단검을 꽉 쥔 그로부터 소름이 끼치는 기운이 뿜어져 나왔다.

가만히 보고만 있어도 무서운 존재.

'새삼스럽지만 나…… 진짜 강했네.'

딱히 자랑할 건 아니지만…….

이 시기의 강서준, 그러니까 '케이'는 슬슬 S급 던전도 공략을 해도 될 만한 수준이었다.

아직 '용의 던전'을 체험해 보지도 못한 시점이지만, 그에 준하는 던전은 숱하게 섭렵했을 시기였다.

고작 A급 던전쯤이야…….

16층의 미노타우르스 정도야.

'몸풀기도 안 되겠지.'

강서준은 쓰게 웃으면서 몸에 쌓였던 모든 긴장을 털어 냈다. 예상보다 훨씬 늦은 난입이었지만 그래도 이렇게 일이 잘 풀려서 다행이었다.

부디 이런 상황 자체가 벌어지지 않고 무난하게 전직 퀘스트를 돌파했으면 더 좋았겠지만.

쿠우우웅!

미노타우르스가 성난 울음을 토해 내며 종전보다 두 배는 커진 덩치로 좌중을 둘러봤다.

머리엔 뿔도 자라났다.

이젠 단순히 온몸을 불태우는 게 아니라, 그 불꽃을 응축시켜 던지기도 한다.

3페이즈는 원거리 공격까지 능해진 거구의 미노타우르스

를 상대해야 하는 것이다.

하지만 플레이어들은 거침이 없었다.

쿠우우웅!

날아온 불덩어리는 큰 방패를 쥐고 빠르게 전면에 나선 '리트리하'에 의해 저지됐다.

또한 공간을 접듯이 달린 케이는 미노타우르스의 코앞에 나타났다.

녀석이 당황하며 울음을 뱉든 말든 무심하게 케이의 단검이 휘둘러졌다.

수차례 쏟아진 검격은 마치 유성 같았다.

스걱! 스거억! 스걱!

상처는 순식간에 벌어졌고, 이번엔 더 빠르게 미노타우르스의 모습이 변하기 시작했다.

30%의 체력이 고작 단 한 번, 케이의 공격에 당했다는 것으로 10% 아래로 떨어지고 만 것이다.

우어어어어어!

온몸이 잿더미처럼 변한 미노타우르스.

'재의 몬스터'라 불리는 A급 던전의 16층 이후의 '층간 보스'가 보이는 가장 큰 특징일 것이다.

자칫 잘못하면 일대를 뒤집어 버릴 정도로 강한 폭발을 일으키는 가장 곤란한 단계였다.

하지만 케이는 망설이지 않았다.

스거어억!

빠르게 베고 지나간 탓에 미노타우르스의 목에 생겨난 실선은 뒤늦게 피를 뿜어냈다.

잘려 나간 단면!

미끄러지듯 아래로 떨어지는 머리는 죽는 그 순간까지 어떻게 죽었는지 모르겠다는 표정이다.

그만큼 빠른 공격이었다.

강서준은 헛웃음을 삼켰다.

'저게 케이……'

새삼스럽지만 과거의 본인을 보면서 경이로움을 느낀다는 건 참 묘한 기분을 들게 한다.

제아무리 황제나 다른 플레이어의 합공으로 미노타우르스를 저 꼴로 만들었다곤 하지만.

역시 케이는 케이였다.

'저게 내 과거이자 미래.'

강서준은 주먹을 불끈 쥐면서 케이의 뒷모습을 바라봤다. 그 앞으로 죽은 줄 알았던 미노타우르스가 재차 몸을 일으키고 있었다.

'재의 몬스터'는 고작 목을 벤다고 죽질 않기 때문이다.

'특별한 공략법이 필요하겠지.'

강서준은 어깨를 으쓱이며 이젠 미노타우르스에게 시선을 완전히 뗐다.

더는 그쪽을 볼 이유 자체가 없었다.

과거의 강서준이 그러했듯, 케이는 어떻게든 미노타우르스를 쓰러트리고 말 테니까.

'심지어 여길 공략할 때의 나는 아예 혼자서 싸웠었어. 더 빨리 공략법을 알아낼 거야.'

강서준의 시선은 황제 쪽으로 돌아갔다. 미노타우르스를 신경 쓰지 않아도 된다면 그가 할 일이 따로 있었다.

"……진실을 알아내 볼까."

강서준은 찢어진 공기의 벽 너머로 달려갔다.

<hr/>

사아악!

공기가 떨리면서 황제의 주변으로 무수한 바람 칼날이 휘몰아쳤다.

무형의 검기!

황제는 짧은 호흡을 내뱉으며 모든 칼날을 베어 냈다.

NPC 중에서도 최강이라 일컫는 자.

가히 그 명성이 아깝지 않은 전투 실력으로, 천외천인 켈을 상대로도 선전하고 있었다.

강서준이 난입한 건 그즈음.

[스킬, '태산 가르기(S)'를 발동합니다.]

켈은 강서준의 공격을 피해 훌쩍 뒤로 물러났다.

아쉽게도 강서준의 공격은 켈의 살갗만 살짝 스치는 정도에 만족해야 했다.

맹수의 울음과 광속까지 활용한 공격을 이리 피해 내다니.

역시 천외천이다.

켈은 약간 황당하다는 눈으로 말했다.

"왜 날 방해하는 거죠?"

"……."

"당신의 의도를 이해하지 못하겠어요. 분명 같은 사원인 건 맞는 것 같은데…… 왜 황제의 편에 서는 거죠?"

강서준은 어깨를 으쓱이며 물었다.

"제가 더 묻고 싶군요. 왜 황제를 공격하시는 거죠?"

"으음?"

"호크 알론을 두고 함정을 판 이유가 뭐죠?"

그 말에 켈은 눈을 가늘게 뜨며 강서준을 쭉 살펴봤다. 이내 한숨을 내쉬며 그가 말했다.

"과연 그렇게 된 거였나요. 정말 당신은 아무것도 모르는 거였군요."

켈은 짧게 혀를 차더니 말했다.

"아직 지시 사항을 듣지 못했다고 미리 말하지 그랬어요.

호크 알론에게 딱 붙어 있기에 팀장급인 줄 알았는데…… 말단이었으면 더 빨리 그 사실부터 말했어야죠."

"네?"

"됐습니다. 간단히 말하자면, 우리들은 슬슬 이 세계에서 폐업 절차를 밟고 있어요."

"……폐업이라고요?"

"네. 이미 많은 지부가 물러난 상태예요. 당신이 어느 소속인지는 몰라도 이렇게 아등바등 NPC를 두둔할 필요는 없단 거죠."

과연…….

드림 사이드 1에서 컴퍼니 지부가 쉽게 몰락하던 때가 있었다.

아무래도 그들은 스스로 폐업을 결정했고, 그렇게 현 세계의 퇴장을 선택했던 모양이다.

강서준은 그때를 회상했다.

'어쩐지 찜찜하더라니.'

밟아도 계속 기어오르던 잡초 같던 놈들이 한순간에 말라 비틀어진 데엔 이런 이유가 있던 것이다.

강서준은 미간을 좁히며 물었다.

"왜죠? 왜 폐업이 결정된 거죠?"

이에 켈은 씨익 웃으며 한쪽을 가리켰다.

"당신도 알다시피 저 괴물을 이길 사람은 이 세계엔 없잖아요. 어차피 이 세계는 머지않아 주도권을 뺏길 겁니다."

켈의 시선 끝에는 미노타우르스를 홀로 갖고 노는 케이가 있었다. 대체 그새 몇 번이나 미노타우르스를 죽인 걸까.

그새 미노타우르스는 걸레처럼 넝마가 되어 있었다. 이쯤이면 녀석이 더 불쌍할 지경이다.

'아마 곧 죽겠지.'

이곳 미로 속에 숨겨진 '핵'을 찾지 못할 경우, 녀석을 공략하는 방법은 단 하나였다.

오직 죽을 때까지 계속 죽이는 것.

무식하지만 확실한 그 방법으로 케이는 기어코 미노타우르스를 죽이고 말 것이다.

켈은 쓰게 웃으며 말했다.

"어차피 우리들의 목표까지 닿을 수 없다면 빨리 끝내는 게 낫잖아요. 차차 시간 낭비니까."

과연 컴퍼니가 어떤 목표로 움직이는지는 몰라도, 0114 채널의 NPC들이 플레이어에게 주도권을 뺏기는 게 문제가 되는 모양이었다.

해서 그들은 이 즈음에 0114 채널에서의 폐업을 결정했고, 그 결과 그들은 호크 알론을 죽이려는 함정을 팠다.

이는 결국 섭종까지 이어졌다.

'필요에 의해 세계를 멸망시킨 거로군. 가히 컴퍼니다운 사고야.'

켈은 한숨을 내쉬더니 말했다.

"궁금증은 해결됐습니까?"

"흐음…… 어느 정도는요."

"그럼 본론으로 넘어가죠. 당신, 내 밑에서 일해 보지 않겠어요?"

이건 또 무슨 소리야.

"당신 생각보다 재능이 있어요. 팀장급도 아니면서 호크알론의 옆자리를 꿰차다니요."

"……."

"지시 사항을 알고서도 방해했던 거라면 욕을 먹어도 싸겠지만, 모르고 저지른 행동들이니 나머진 전부 용서해 주겠습니다. 어때요. 나와 함께 일해 보시죠."

동시에 켈의 시선이 예리하게 변했고, 점차 강서준의 주변으로 날카로운 바람 칼날이 무수하게 생성됐다.

같이 일하자면서 이건 무슨 경우란 말인가.

황제가 다시 검을 뽑아 들고 강서준의 곁에 섰고, 켈은 황제를 향해 이죽이며 말했다.

"당신은 빠지라니까요. 우리 일입니다."

"내 마음이다."

"흐음…… 그새 황제까지 편으로 만든 겁니까? 정말 무서운 재능입니다."

터무니없는 오해를 잇던 켈이 말했다.

"반드시 다음 생엔 절 찾아오세요. 무능력한 상사를 만나 방황하지 말고."

그러더니 강서준을 향해 무수한 바람 칼날을 날려 댔다. 아무래도 그 의도는 정말 그를 죽이려는 듯했다.

한편으로는 이런 생각도 들었다.

'역시 이들은 전생을 하는구나.'

용아병 크록도 지구에 부활했고, 현 시각 차원 서고에 버젓이 켈이 살아 있는 것부터 알 수 있었다.

빌어먹을, 밟아도 죽질 않는 바퀴벌레 같은 놈들.

'근데 전생은 개나 소나 다 하나?'

바람 칼날을 몇 번이고 피하는 걸 본 켈은 어깨를 으쓱이며 말했다.

"두려워하지 마세요. 말단인 당신은 본래 전생할 수 없겠지만, 제 권능으로 당신 하나 정도는 데려갈 수 있으니. 목숨을 저한테 맡기세요."

이후로도 날카로운 바람 칼날이 빠르게 그에게 쇄도했다. 황제가 몇 번 쳐 냈지만 숫자가 갈수록 많아지니 피하기도 곤란해졌다.

그렇게 어떡해야 하나 싶을 즈음.

[16층의 층간 보스 '미노타우르스'를 처치했습니다.]

[전직 퀘스트의 1단계 과정을 클리어했습니다.]

강서준은 눈앞에 나타난 메시지를 읽었다. 동시에 강서준의 몸에서 빛이 터져 나오고 점차 그의 몸은 희미해져 갔다.

차츰 스킬북을 벗어나고 있다는 징조였다.

황제는 강서준을 향해 말했다.

"조건을 만족시켰나 보군."

"네. 수고 많았어요."

이에 켈은 고개를 갸웃하며 물었다.

"……뭡니까? 대체 무슨."

강서준은 어깨를 으쓱이며 켈을 바라봤다. 상황을 이해하지 못해 눈만 멀뚱멀뚱 뜬 녀석.

어쩌면 한 세계를 멸망시키는 데에 가장 크게 일조한 흑막일 것이다.

강서준은 거두절미하고 말했다.

"덕분에 많은 걸 알아 가."

"무슨……?"

"알려 줘서 고마웠다. 모자란 멍청아."

녀석이 바쁘게 바람 칼날을 날려 댔지만 모두 소용없는 짓이었다.

강서준은 이미 그곳에서 사라진 뒤였으니까.


['차원 서고'로 돌아갑니다.]

나지막이 떠오른 메시지를 읽으며 강서준은 마음의 준비를 단단히 하기로 했다.

아직 끝난 건 없었기 때문이다.

'전직 퀘스트에 버그가 생겨난 이유는 아무래도 외부의 요인일 확률이 높아. 밖에는 켈이 있으니까.'

켈의 정체는 컴퍼니인 걸로 모자라 NPC였다. 그것도 플레이어를 연기하며 시스템을 악용할 수 있는 존재.

'그런 녀석을 개인 교사랍시고 진백호에게 붙여 놨었다니…….'

강서준은 괜히 떠오르는 조바심을 애써 밀어내며 흐름을 따라갔다. 붕 뜬 감각 뒤로는 다시 중력이 제자리를 되찾고 있었다.

강서준은 빠르게 주변을 훑었다.

'……역시 무슨 일이 벌어져도 단단히 벌어졌군.'

차원 서고는 태풍이라도 지나간 것처럼 사방이 엉망이었다. 도미노처럼 무너진 책장과 쓰레기처럼 널브러진 책들. 원래의 형태로 남은 게 하나도 없었다.

그나마 차원 서고가 던전과 비슷한 취급을 받는 공간이라, 내벽이나 기둥이 멀쩡한 게 다행이지.

강서준은 2층 계단도 살펴봤다.

역시 주요 건축물은 흠집 하나 없이 멀쩡하기만 했다.

"강서준 씨……?"

목소리를 따라 고개를 돌린 강서준은 한창 김훈에게 치료를 받고 있는 최하나를 발견할 수 있었다.

"최하나 씨…… 당신 팔이."

"그렇게 됐습니다."

"……웃을 일입니까?"

한쪽 벽에 기댄 채 미소로 반기는 그녀와 그 옆 바닥에 나뒹구는 팔 한 짝은 가히 비현실적이었다.

대체 어떤 전투를 벌였기에 이런 끔찍한 상황으로 내몰리게 된 걸까.

강서준은 약간 붉어진 얼굴로 물었다.

"도대체 어떻게 된 겁니까."

그러면서 '사건의 주동자'로 추정되는 켈을 찾아봤지만, 눈을 씻고 찾아봐도 녀석의 그림자도 보이질 않았다.

김훈은 잠시 호흡을 가다듬더니 답했다.

"사실 저도 영문을 잘 모르겠어요. 갑자기 켈 님이 기습을 했고, 그와 싸우다 최하나 씨가 이렇게 됐거든요."

이후로 그는 차근차근 이곳에서 벌어진 일들에 대해서 설명해 줬다.

특히 최하나와 켈의 전투를 말할 때엔, 강서준은 저도 모르게 미간을 구겨야만 했다.

그 방식이 다소 과격했기 때문이다.

"팔을 일부러 내줬다고요?"

"괜찮은 전략이었죠?"

"……괜찮긴 뭐가 괜찮습니까."

강서준은 한숨을 내뱉으며 이마를 짚었다. 두통이 이는 것 같았다. 여전히 웃고 있는 그녀를 보고 있노라면 뭐가 잘못된 건지도 본인이 뭘 실수했는지조차 모르는 눈치였다.

그녀가 되물었다.

"왜 화를 내요?"

"화를 낸 게 아닙니다."

"그럼 왜……."

최하나에겐 초재생 스킬이 있다.

사이코패스 시절의 최하나가 그토록 무모한 공격을 감행하고도 여태 사지 멀쩡한 이유가 전부 그 덕이었다.

해서 팔이 잘려 나간들 언제든 다시 붙일 수 있다는 건, 누구보다 같은 스킬을 가진 강서준이 제일 잘 알고 있었다.

초재생은 트롤의 근간이 되는 스킬.

녀석들은 심장을 일시에 꿰뚫어야 죽는다. 최하나도 같은 이유로 피를 불태워도 쉽게 죽질 않을 테니까.

아마 그녀의 말마따나 나쁘지 않은 전략일 것이다.

하지만.

"꼭 그렇게 무리를 했어야 합니까?"

"네?"

"굳이 팔을 내주질 않더라도 이길 방법은 있었을 겁니다.

김훈 씨도 있지 않았습니까."

최하나의 문제는 다른 방법은 아예 시도조차 하질 않았다는 데에 있다.

"정말 그 무모한 방법이 최선이었다고 확신할 수 있습니까?"

"그건……."

전부터 느꼈다.

최하나는 본인의 신체 능력을 맹신하여 지나치게 무모한 전투를 벌인다는 걸.

이번엔 다행히 무탈하게 끝났지만, 과연 앞으로도 비슷한 상황에서 좋은 결과를 도출해 낼 수 있을까.

강서준은 고개를 가로저었다.

"그건 당신의 최선이 아니었습니다."

자신의 목숨까지 내걸고 최선을 다해 싸우는 것과, 무모하게 자신의 목숨을 내거는 건 엄밀히 다르다.

앞서 말했듯 김훈과 팀플레이로 반전을 꾀할 수도 있었으며, 여차하면 진백호도 깨워 전투에 참전시키는 방법도 있었다.

'게다가 만약 켈이 도망치지 않았다면…….'

무슨 이유에선지 켈은 도망쳐 버렸지만, 만약 녀석이 전력으로 싸움을 걸어왔다면 어땠을까.

지금 같은 결론은 없었을지도 모른다.

강서준은 미간을 좁히며 말했다.

"무엇보다 아프잖습니까."

강서준의 시선은 어느덧 회복되어 언제 잘렸는지 모를 정도로 딱 달라붙은 그녀의 팔에 향했다.

역시 그녀의 초재생은 훌륭하다.

잘린 팔도 적절한 포션 치료와 함께라면 이렇게 단시간에 완벽히 붙여 놓을 수 있었으니까.

'하지만 통증은 사라지지 않아.'

초재생이 '통증의 기억'까지 회복시킬 수는 없다. 팔이 잘리면 그 잘린 통증이 고스란히 남는다.

누구보다 초재생에 많이 의지해 온 강서준이었기에 더더욱 잘 알고 있는 문제였다.

과연 그녀는 몇 번이나 이런 일을 반복해 온 걸까.

'김훈 씨가 이런 상황에 익숙한 것도 문제야.'

강서준은 입술을 잘근 깨물며 말했다.

"무모한 선택은 하지 마요. 뭔가를 이루기 위해 뭔가를 희생해야 한다니…… 그게 뭡니까."

한편 강서준은 최하나를 보면서 왜 이렇게까지 예민하게 구는 건지 스스로를 이해할 수 없었다.

결과적으로 잘된 일이지 않은가.

왜 이렇게 흥분한 거지?

켈에게 배신당했기 때문일까.

최하나의 잘려 나간 팔을 본 뒤로는, 천무지체마저 쉽게 흔들리는 듯한 느낌이었다.

"후우……."

강서준은 애써 한숨을 밀어내며 흥분을 가라앉혔다. 그리고 시선을 돌려 차원 서고를 쭉 둘러봤다.

도서관의 분위기는 온데간데없고, 쓰레기장이나 다름없이 난장판이 된 차원 서고가 보였다.

'일단 정리부터 해야겠어.'

다행히 차원 서고를 원래대로 되돌리는 건 그다지 어려운 일이 아니었다. 직접 책을 줍고 치울 필요도 없다.

"관리자 모드."

전직 퀘스트의 1단계를 클리어한 그에겐 특별히 주어지는 권한이 있었으니까.

예상대로 눈앞에 메시지가 나타났다.

['관리자 모드'를 활성화합니다.]

－무엇을 도와드릴까요?

"여길 정리해 줘."

－알겠습니다.

그 한마디에 차원 서고는 다시 크게 흔들렸다. 책장은 저절로 일어났고, 바닥에 너저분하게 널려 있던 책들은 마법처럼 날아가 저절로 제자리에 꽂혔다.

마탄의 총알 자국이 수복됐고, 부서졌던 것들도 모두 원상 태로 돌아오기까지 1분도 걸리지 않았다.

"……놀랍네요."

"따지고 보면 잘린 팔을 멀쩡히 붙인 게 더 놀라운데요."

"하긴……."

잠시 시간이 지나자, 카펫에 눕혀 뒀던 진백호도 눈을 뜰 수 있었다. 그는 사건이 일어나기 직전에 잠이 들었는지 무슨 일이 벌어진지도 모르는 눈치였다.

'외관상 크게 다치지도 않았어.'

인질로 잡았다더니만 꽤나 극진하게 모셨다는 증거였다.

하기야 컴퍼니의 방침이 바뀌기 전엔 주요 인물은 본래 그들의 보호 대상에 있었다.

스킬북 속의 켈이 말하길, 컴퍼니는 원래 주요 인물을 비롯한 NPC를 두둔하는 쪽에 있었으니까.

'여긴 아직 0116 채널의 플레이어도 나타나지 않았으니까. 채널의 주도권은 오직 우리에게 있어.'

하지만 앞으로는 다를 것이다.

곧 정규 업데이트를 통해 채널의 주도권을 먹으려는 0116 채널의 플레이어들이 넘어온다.

데칼 그 녀석도 오겠지.

아마 컴퍼니는 슬슬 줄타기를 하려 할 것이다. 목표가 뭔지는 몰라도 주도권을 가진 쪽으로 붙어먹을 심산인 듯했으니까.

'어느 쪽을 붙든 이번엔 완전히 짓밟아 버려야지. 또 허튼 수작을 벌이기 전에…….'

그때였다.

"아, 맞다."

최하나는 갑자기 자리에서 일어나더니 말끔하게 정리된 책장으로 다가갔다.

"분명 이쪽 책장이었는데……."

그렇게 한참을 무언가를 찾던 그녀가 한 권의 책을 꺼내었다.

강서준은 그 제목을 눈여겨봤다.

드림 사이드 개발일지

다소 터무니없는 제목이다.

"……그거 제가 생각하는 그겁니까?"

"네. 아쉽지만 내용은 초반부밖에 드러나질 않았지만요."

최하나는 그녀가 건넨 책을 살펴봤다. 그 내용은 크게 이렇게 적혀 있었다.

특수 NPC에 대해서.

특수 NPC '전생인'은 이전 세계의 기억을 가지고 다음 세계에 전생하는 이들을 말한다.

그들은 일반적으로 플레이어와 명확한 차이를 두질 아니한다.

그들은 시스템이 인정한 이레귤러로, 종종 플레이어에게 도움이 되거나 방해가 된다.

그들은……

최하나가 발견해 낸 '드림 사이드 개발일지'는 이름 모를 과거의 관리자가 수기로 적어 낸 것들이었다.

한 채널을 운영하면서 겪은 몇 가지 의문을 정리해 둔 일종의 다이어리.

'이 이후로는 문장이 깨지는군. 아직 때가 아니라는 건가.'

노영수가 강서준에게 정규 업데이트에 대한 정보를 말할 때, 시스템은 필터링을 했더랬다.

마찬가지로 현재의 수준으로 알 수 없는 정보라면 그게 문장이라도 필터링되기 마련이다.

'어쨌든 예상대로 켈도 크록과 마찬가지로 전생한 게 확실해지는군.'

하지만 의문이 하나 남았다.

'그렇다면 대체 어디까지 기억하는 거지? 이전 세계를 모두 기억하는 걸까?'

아마도 그건 아닐 것이다.

만약 그들이 114개에 해당하는 모든 기억을 갖고 있었다면, 크록도 그리 쉽게 당할 이유가 없다.

서당 개도 삼 년이면 풍월을 읊는다.

같은 일도 114번이나 반복한다면 컴퍼니는 진즉에 세계를 정복하고도 남았어야 한다.

이 게임은 공략되고도 남는다.

케이? 비교조차 안 되어야 한다.

'고작 2회 차란 이유로 현재 플레이어들의 기량이 대단히 올라간 것만 봐도 그래.'

즉 전생인은 114번이나 반복된 삶을 전부 기억하진 못할 것이다. 그래야 게임의 밸런스가 맞는다.

강서준은 쓰게 웃었다.

'시스템이 관여한 거야.'

시스템은 자고로 게임이 공략되길 바라면서 쉽게 성공하길 원치 않는다.

게임이란 으레 그렇다.

'녀석들이 호크 알론을 직접적으로 죽이지 않은 것도 시스템 때문일지도 모르겠어.'

길게 돌아갈 것도 없이 섭종시키려면 호크 알론을 죽이기만 하면 될 일.

한데 그들은 직접 칼을 꽂질 않고, A급 던전의 몬스터를 이용한다는 귀찮은 방식을 활용했다.

구태여 호크 알론의 몸에 심은 '독'도 마찬가지였다.

'결국 전생인은 주요 인물을 직접 죽일 수 없는 거야.'

강서준은 고개를 주억거리며 책을 덮었다. 어차피 앞으로
이 이상 읽을 수 있는 것도 없었다.

이젠 완전히 치료된 최하나는 강서준을 향해 물었다.

"켈은 어쩌죠? 지금이라도 쫓을까요?"

강서준은 어깨를 으쓱이며 답했다.

"글쎄요……."

쫓고자 한다면 쫓을 수 있을 것이다.

아무리 자취를 잘 감췄다고 해도 강서준의 류안과 영안이
라면, 녀석이 포탈 던전으로 돌아가기 전에 잡아낼 수 있을
테니까.

블랙 그라운드나 다름없는 이곳에서 부상당한 그가 빠르
게 빠져나갈 수 있을 리는 없다.

아직 완전히 늦은 건 아니다.

하지만 고개를 가로저었다.

"아직 전직이 끝나질 않았어요."

강서준은 여전히 선택을 기다리며 몇 번이고 빛을 점멸하
는 책장을 확인할 수 있었다.

'앞으로 남은 건 2단계.'

강서준은 어깨를 으쓱이며 켈을 쫓지 않기로 결정을 내렸

다.

어차피 녀석을 잡는 들 근본적인 해결책이 될 수는 없었으니까.

"켈은 빙산의 일각입니다."

그들에게 닥친 문제는 하나가 아니었다. 당장 아크로 침략할지도 모르는 마족의 세력만 생각해도 골치가 아프다.

정규 업데이트와 함께 등장할 '데칼'은 또 어떨까.

'B급 던전, 마족, 새로운 플레이어……'

당장 이 문제들을 해결하는 것도 벅찬 일이다. 과거의 망령과도 같은 켈에게만 신경을 집중하기엔 그들의 현실은 너무 각박했다.

'뭐 굳이 찾으러 갈 것도 없어. 여기에 진백호가 있으니 가만히 있어도 놈들이 다시 찾아올 거야.'

강서준은 주먹을 불끈 쥐면서 말했다.

"해결 방법은 하나예요."

도처에 깔린 수많은 문제…… 모두 단번에 해결하기 어려운 골칫덩이뿐이었다.

이들을 어찌 넘을 수 있을까.

의외로 강서준은 그 대답을 스킬북에서 찾아냈다.

"다시 천외천이 되는 겁니다."

스킬북 속에서 봤던 '그들'처럼.

A급 던전 정도는 우습게 여기고, 가뿐한 마음으로 던전을

쓸어버리던 '그'처럼.

누가 덤벼들어도 지지 않을 강한 힘을 가지면 될 일이다.

강서준은 최하나와 눈을 마주치며 말했다.

"케이와 클라크로 돌아갈 시간입니다."

다음 권으로 이어집니다